Über dieses Buch Der Schneider von Mineo gehört zu den kleinen Leuten der großen sizilianischen Literatur unseres Jahrhunderts. Sein Leben und seine Geschichte sind eingebettet in den bäuerlichen Kosmos seines Dorfes. Mineo – mit seinen engen Gassen, winkeligen Häusern und der harten, gebirgigen Erde Siziliens – wird zum Mittelpunkt einer Welt, die in dieser poetischen Erzählung archaisch und arkadisch zugleich anmutet.

Erzählt wird die Lebensgeschichte des Schneiders Pietro, der nur einmal im Jahr – zum Fest der heiligen Agrippina – einen großen Auftrag für seine Werkstatt bekommt, von ihm selbst; seine Geschichte wird ergänzt durch die Erinnerungen seiner Schwester und die kindlichen Erfahrungen seines kleinen Sohnes. Wie in einem Triptychon erblickt der Leser eine begrenzte, überschaubare Welt auf dreifache Weise: in den verlorenen Hoffnungen eines Frauenlebens, in den Spielen, Späßen und Träumen eines kleinen Jungen, in dem tagtäglichen Kampf eines Mannes um das Wenige, das er und seine Familie zum Leben brauchen. Eine einzige Welt – und doch hat jedes Leben seine besonderen Farben und Stimmungen; scheinbar naiv erzählt und in seinem poetischen Realismus ebenso idyllisch wie grausam.

Der Autor Giuseppe Bonaviri, 1924 in Mineo auf Sizilien geboren, lebt heute in Frosinone bei Rom, wo er als Herzspezialist arbeitet. Er schrieb und publizierte zahlreiche Romane, Erzählungen und Gedichte, die in mehrere Sprachen übersetzt wurden.

Giuseppe Bonaviri
Der Schneider von Mineo
Eine sizilianische Geschichte

Aus dem Italienischen
von Sigrid Vagt
Mit einer Einführung
von Nino Erné

Fischer Taschenbuch Verlag

Veröffentlicht im Fischer Taschenbuch Verlag GmbH,
Frankfurt am Main, Juni 1990

Lizenzausgabe mit freundlicher Genehmigung des
ComMedia & Arte Verlags Bernd Mayer, Stuttgart
Die Originalausgabe erschien 1954
unter dem Titel ›Il sarto della stradalunga‹
im Verlag Giulio Einaudi Editore, Torino

Umschlaggestaltung: Buchholz/Hinsch/Hensinger
Umschlagfoto: VISUM/André Gelpke
Satz: Fotosatz Otto Gutfreund, Darmstadt
Druck und Bindung: Clausen & Bosse, Leck
Printed in Germany
ISBN 3-596-29583-1

Einführung

Die lange Straße

Sizilien ist ein fernes Land, weiter entfernt als die Landkarte anzeigt, von uns – und auch von Italien. Hier der Kontinent, da die Insel. Dazwischen ein schmaler Streifen Meer, eine symbolische Grenze. Denn sie wird auch dann kaum verschwunden sein, wenn die seit langem hundertfach phantasievoll geplante Brücke eines Tages wirklich Reggio und Messina miteinander verbinden sollte.

Den Sizilianern kann man mit der Zeit ein wenig näherkommen, man merkt es, wenn sie dem Fremden, anstatt ihn einzuladen, endlich erlauben, den Kaffee zu spendieren. Bringt man das Gespräch darauf, so verwahren sie sich gegen die Bezeichnung »Italiener«, nicht etwa feindselig, aber mit entschieden distanzierender Freundlichkeit. Die Leute drüben in Kalabrien, Kampanien und noch weiter nördlich hinauf, das sind zwar weitläufige Verwandte, in Gottes Namen, aber sie gehören nicht eigentlich zur Familie... Der Fremde mag noch so oft zwischen Trapani und Taormina, Agrigent und Cefalù und Syrakus hin- und herfahren, er lernt die Menschen nicht kennen. Das gelingt nur dem, der zumindest ein halbes Leben unter ihnen lebt, der dort arbeitet, liebt, haßt und bereit ist, irgendwann einmal in ihrer Mitte zu sterben.

Immerhin, es gibt eine Möglichkeit, blitzartige Einblicke in das zu erhalten, was vereinfachend sizilianisches Wesen genannt werden darf, und sekundenlang das sizilianische Herz klopfen zu hören. Es gibt die Literatur der

Sizilianer, ihre große, unvergleichliche Kunst, die eigenen Geschichten zu erzählen. Darin ist nicht die Rede von dem, was berühmte Reisende beschrieben haben: Tempelruinen, die Urpflanze im Botanischen Garten, der odysseische weiße Glanz über Land und Meer. Darin sind sie selbst. Plötzlich meint man, sie zu verstehen, wie man sie vorher nicht verstanden hat.

Elio Vittorini fährt zu seiner Mutter nach Hause, da sitzen lauter Sizilianer im Zugabteil, und einer behauptet: »Wir sind ein schwermütiges Volk.« – »Schwermütig?« sagte ich und sah auf den kleinen Alten mit seinem heiteren Gesichtchen und den kleinen, vor Heiterkeit hüpfenden Augen. – »Sehr schwermütig«, beharrt der andere. »Sogar unheimlich.«

Oder der alte Fürst Fabrizio Salina, der eigentlich Lampedusa heißt, betet brav mit den Seinen den abendlichen Rosenkranz, aber dann hält er die Familienenge im düsteren Palazzo nicht aus, entflieht zu einem jungen Mädchen nach Palermo.

Ein vor Erschöpfung fast verblödeter Arbeiter kommt aus dem dunklen Schwefelbergwerk, nachts, und entdeckt zum ersten Mal die Wohltat des Mondlichts... Ein geduckter Kleinbürger drängt dem reichen Liebhaber seiner soeben gestorbenen Ehefrau eine Art Trauerkomplizenschaft auf... Ein »Iettatore« hat so vielen Leuten Unglück gebracht, daß er sich nun den Bösen Blick von einem Notar patentieren lassen will, damit man ihn dafür bezahlt, daß er wegbleibt... Und das sind nur ein paar von den zahllosen Menschen Pirandellos, dessen Riesenwerk allein in diesem Jahrhundert die kontinentalitalienische Literatur aufwiegt. »Basta Pirandello«, sagte Leonardo Sciascia lächelnd, als solch ein Vergleich im Gespräch gezogen wurde.

Sciascia hat als erster Schriftsteller offen den Kampf mit der Mafia gewagt. Es gibt kein Buch von ihm, in dem man nicht etwas vom Wesen und Herzschlag seiner Landsleute spürt.

»Weil«, schrieb er in einer seiner frühesten Erzählungen, »weil ich an die Sizilianer glaube, die wenig sprechen, die sich nicht viel bewegen, die sich innerlich aufreiben und leiden, die Armen, die uns mit müder Geste grüßen, wie aus einer Entfernung von Jahrhunderten.«

Dies ist die Wirklichkeit. Oder doch ein wesentlicher Teil von ihr, der Mitte zu, tief im Kern. Der einfältige, seit Jahrhunderten von fremden und eigenen Herren unterdrückte Inselbewohner, auf dessen Rücken Normannen und Sarazenen, die Vizekönige des Herrschers »beider Sizilien«, die Großgrundbesitzer der Orangenplantagen, die Polizisten Viktor Emanuels von Savoyen, die Spitzel der Faschisten Mussolinis und die Angestellten der republikanischen Verwaltung unserer Tage es sich wohl sein lassen: er ist wirklich. Der lustige, faule, diebische, leichtherzig vor sich hinträllernde Sizilianer dagegen ist ein Klischee der Touristen, an das sie so lange geglaubt haben, bis man es ihnen gutmütig und womöglich gewinnbringend vorspielte.

Wirklich sind die Menschen, die in einem vergessenen Fischerdorf oder in irgendeinem Gebirgsort des Landinnern unter sich bleiben, Sizilianer, wie sie in ihren Büchern stehen, im Buche, auch in diesem hier. Sein Autor ist der bisher letzte in der Reihe großer Erzähler, die von jenem fernen Inselland im Mittelmeer zu uns gekommen sind.

Giuseppe Bonaviri, geboren 1924 in Mineo, Provinz Catania, Arzt, Schriftsteller, Vater zweier Kinder, Herzspezialist mit Erfahrungen in der Seelenkunde, ansässig seit langem in Frosinone, einer Stadt am Weg zwischen Rom und Neapel. Vormittags widmet er sich Patienten, nachmittags seinem Schreibtisch. Er hat über zwanzig

Bücher geschrieben, wird in Frankreich und Argentinien gelesen, in Bulgarien und der UdSSR, in Schweden und China – und nun auch in Deutschland, hoffentlich. Von seiner Heimat hat er sich nicht nur räumlich entfernt, das taten manche seiner Vorgänger und Kollegen auch; sein phantastischer und wissenschaftlich geschulter Geist lockte ihn weiter als jeden anderen sizilianischen Schriftsteller der Generation, die nach dem Zweiten Weltkrieg im Zeichen des Neoverismus begann. Mit seiner Schreibmaschine, fast möchte man sagen auf seiner Schreibmaschine, unternahm er Ausflüge ins Weltall, in die Tiefe der Zeit und in die Höhe überwirklicher Erfahrungen. Sein bisher letztes Buch spielt in Indien, in seinem frühesten wird ein Toter, allmählich ins Dunkel versinkend, sich seines Todes bewußt und nimmt Verbindung mit einem Lebenden auf, den er damit in den Wahnsinn treibt. Ein andermal verfolgt dieser seltsame Autor einen jungen Arzt auf dem Flug zum Planeten Pluto, dann wieder einen alten Mann und dessen Enkel in einem Fesselballon, oder er entdeckt eine utopische Insel mit Philosophen und wandernden Sternen.

Und doch: Kreuzungspunkt, Ausgangspunkt, Endpunkt des bonavirischen Weltraums bleibt sein kleiner Geburtsort Mineo mit den engen Gassen und schiefen Häusern und der harten, gebirgigen Erde Siziliens. Es ist das Inselland von heute, gestern, morgen, immer. *L'enorme tempo*, die ungeheure Zeit, nennt er ein Tagebuch, das er als junger Arzt noch in der Heimat geschrieben hat. Ein anderer sprechender Titel: *Il fiume di pietra*, der steinerne Fluß.

Darin erzählt er von der Landung der Alliierten, 1943, einem Heidenspaß für die Kinder, die schneller und weiser mit dem wechselnden Kriegsglück fertig wurden als die Erwachsenen. In *Dolcissima*, was »die Lieblichste« bedeutet, oder auch »die sehr Liebliche«, verwandelt sich das armselige Dorf Mineo in ein mythisches »Zebulonia«. Und die *Novelle Saracene* sind uralte Märchen, die hat ihm die Mutter einst erzählt und aufgeschrieben, nun gibt er sie bearbeitet heraus. Auch der Vater kehrt häufig wieder, mehr oder weniger verfremdet, am wenigsten hier, in diesem Buch. Er ist, er war wirklich *Der Schneider von Mineo*. Die Familie, der frühverstorbene Bruder, Vater, Mutter: »Eine unendliche Welt für mich, ein Ozean von Erinnerungen«, bekennt Bonaviri in einem Brief.

Als er dieses Kindheitsbuch schrieb, war er sechsundzwanzig Jahre alt. Mit ihm gelang einem noch ganz Unbekannten der Einzug in den berühmten Verlag Einaudi. Es ist sicher richtig, auch bei uns zuerst dieses Frühwerk vorzulegen, »mit dem Beginn zu beginnen«. Dem deutschen Leser wird der Schneider Pietro nicht nur die Tür zu seiner Werkstatt an der Langen Straße öffnen, auch zu der des schillernd vielfältigen Erzählerpoeten, der von sich gesagt hat: »Ich schreibe, um mich zu amüsieren, und mache mich dabei gern ein wenig lustig über die Leute.« Aber auch: »Der Ausgangspunkt meines Schreibens ist eine große Unruhe, ist der Versuch, gewisse Veränderungen unsres Jahrhunderts zu erfassen. Was mich inspiriert, ist eine mich beängstigende Dynamik.«

Auch Pietro Sciré, *il sarto della stradalunga*, gehört zu den kleinen Leuten der großen sizilianischen Literatur. Auch er muß mit den Seinen bis zur Erschöpfung arbeiten, um das bißchen täglich Brot, Zwiebeln, Feigen, Oliven und Wein heranzuschaffen. Wenn Vater, Sohn und Lehrling noch um Mitternacht mit Nadel und Faden um den Tisch hocken und die Mutter dann eine dampfende Schüssel Pasta aufträgt, so bleibt dieses nächtliche Festmahl dem Elfjährigen unvergeßlich. Selbst das Wasser ist kostbar, zumindest im Sommer, wenn Hitze die Erde ausdörrt und der Scirocco, von der nicht weit entfernten Küste Afrikas herüberwehend, an Blut und Nerven zerrt. Im Winter hingegen ertrinkt man unter Regenfluten. Es ist eigentlich immer zu kalt oder zu warm. Und den geringen Verdienst, mit klammen Fingern oder im Schweiß des Angesichts erarbeitet, holt der Teufel des Finanzamts. Ein Schneider, ja, das ist ein »mastro«, ein Handwerksmeister, also etwas viel Besseres als die »villani« auf den Feldern. Allerdings auch ein Nichts, verglichen mit den Herren Grundbesitzern hoch zu Roß, den »cavallacci«. Unausrottbar bleibt die ständische Gliederung, soziale Ungerechtigkeit, Korruption; seit Jahrzehnten, Jahrhunderten. So ist das Leben, man nimmt es hin. Nur ein einziges Mal entringt sich dem gepeinigten Familienvater der fluchende Ruf: »Beim Blute Christi, irgendwann muß sich die Welt doch ändern!« Sie tut es nicht. Und wie der Himmel Dürre oder Sintflut spendet, so das Geschäftsleben einmal mehr Arbeit, als ein Schneider bewältigen kann, und dann wieder monatelang gar nichts. Deshalb beginnt mastro Pietro schließlich aus Verzweiflung und Langeweile, sein Leben aufzuschreiben. Doch damit kommt er nicht recht vom Fleck, er setzt immer wieder neu an, und dann gibt er die Feder an seine Schwester Pina weiter und zuletzt an den kleinen Peppi.

So entsteht ein Triptychon. Aber man denkt auch vielleicht an ein Teleskop, durch das der Leser zurück ins Vergangene blickt und voraus ins Künftige, je nachdem der Autor die Tiefenschärfe verschiebt. Der Schneidermeister erscheint in den Augen der älteren Schwester wieder als Junge, der zum Erstaunen der Eltern Begabung für die Schneiderei zeigt und folglich, wenn's auch schwerfällt, aus dem Bauernstand aufsteigen soll. Den letzten Teil erzählt dann Pietros Sohn, und der wird später weder Bauer noch Schneider sein, sondern ein

Schriftsteller. Dies zumindest läßt sich ahnen, denn wie könnte er sonst eine so vorzügliche Prosa schreiben. Und tatsächlich hat Bonaviri schon als Kind erste Flugritte auf dem Pegasus unternommen. Vorläufig, hier im Buch, muß er mit seinem Großvater aufs Feld, und wenn er vor Müdigkeit einschläft, weckt ihn der »nonno« mit einem Tritt in den Bauch und der ständigen Versicherung, ihm selbst sei es als Kind noch viel schlechter gegangen. Nur Herrensöhnchen können es sich leisten, im hohen Alter von neun oder zehn Jahren herumzustreunen, zu spielen, dem Papa auf der Tasche zu liegen und zur Schule zu gehen.

Hunger, Durst, Schlafbedürfnis, Angst vor Gespenstern und trotz allem Sinn für Naturschönheit – die träumerischen und die traumatischen Kindheitserlebnisse verschlingen und spiegeln sich in den »naiven« Berichten der drei Erzähler, hinter denen der nicht naive Erzähler Bonaviri steht. Raffinement verrät sich schon im kunstvollen Aufbau des Buches. Schlichtheit wird in den Gedanken und Äußerungen der Personen bewußt eingesetzt, allzu bewußt vielleicht, wenn dann auch noch die Gegenstände zu reden beginnen. »Der Ofenschlund: Uh! uuuh!« – Oder »Die Schallplatte: Zin, zin, zin, zin.«

Unbekümmert hält Bonaviri die Fiktion aufrecht, ein Kind oder eine alte Sizilianerin fast ohne Schulbildung könnten seine kraftvolle und nuancenreiche Prosa schreiben. Ein reines Wunder, denkt der Leser. Doch dieses Wunder hat sich wenigstens im Ansatz ereignet. Nicht nur der Poet Peppi Bonaviri meldete sich früh zu Wort. Seine Mutter, vierundzwanzigstes Kind ihres Vaters, mußte die Schule nach drei Jahren verlassen und schrieb dann trotzdem ihre Märchen.

Peppis Tante Pina also erzählt am Ende ihres ersten Kapitels, wie sie als Sechzehnjährige gern am Fenster gestanden hätte, um den Gesprächen draußen zuzuhören, und es dann doch nicht wagt, weil sie kein ansehnliches Kleid hat. Sie erzählt das mit einer herzbewegenden, fast herzbeklemmenden poetischen Nüchternheit. Und wenn der Elfjährige seine innere und äußere Welt malt, so wechseln Schönheit und Grauen, Ekel und Entzükken, und manchmal vermischt sich das alles, wie auf dem »Bild« des Felsens mit den Exkrementen der Dorfbewohner, der in einem blutigen Sonnenlicht aufglänzt, unter einer dichten Wolke von Fliegen.

Pina ist das, was der Italiener, schon gar der Sizilianer, »una santa« nennt, eine schlichte, irdische Heilige. Ihr Porträt nimmt mit Recht den Mittelteil des Triptychons ein und bekommt Licht und Farbe von beiden Seitenflügeln. Die so alltägliche wie grausame Episode ihrer gescheiterten Heirat wird ausführlich zweimal berichtet, von ihrem Bruder und dann von ihr. Es ist der Wendepunkt ihrer Lebensgeschichte. Nach diesem einen vergeblichen Aufschwung ins Glück mit dem jungen »Hungerleider« Ciccio, den ihr Vater bis nach Amerika verjagt, und einem Versuch der Eltern, sie doch noch unter eine nützliche Haube zu bringen, erfüllt sie ihr Schicksal als Tante Pina. Von nun an sorgt sie für Neffen und Nichten und den bewunderten Bruder, der jetzt groß ist, wie sie für ihn sorgte, als er klein war. Damals wusch sie für Eltern und Geschwister die Wäsche am Bach und trug sämtliche Nachttöpfe hinaus, um vier Uhr morgens. Im Grunde hat sie ihr Leben lang nur Pech gehabt, doch wie sie nun darauf zurückblickt, weil Pietro sagt, sie soll das doch mal aufschreiben, gelangt sie zum Ergebnis, ihre Jugend sei weder gut noch schlecht gewesen, eben so wie die vieler anderer Bauernmädchen auch. Soll sie sich etwa beklagen? Nun gibt es doch sogar in Mineo elektrisches Licht und Brunnen auf der Straße vor dem Haus, mit reinem Wasser. Zu wünschen bleibt allenfalls ein neues Dach, damit es nicht mehr so oft hereinregnet. Und das wird man mit Gottes und des Bruders Hilfe vielleicht auch noch schaffen.

Ohne es zu bemerken, hat sich Pina Sciré zu den unsterblichen Frauen der italienischen Literatur gesellt. Und wenn sie einen Schritt oder zwei zurücktritt, gewinnt das Licht um ihre Gestalt die Klarheit einer antiken Tragödie. So steht sie da, abgearbeitet, dürr, etwas zu lang geraten, mit schönen Augen. Furcht erregt sie nicht, aber Ehrfurcht – und Mitleid.

Nino Erné

Der Schneider von Mineo

Ich, Don Pietro Sciré, Schneider in der Langen Straße, aber in diesen Monaten tiefsten Winters zur Untätigkeit verdammt, habe mir vorgenommen, einige Seiten über mein Leben zu schreiben. Vorbei ist die Weihnachtszeit, in der die Bauern mit ihren gegen die Kälte bis über die Ohren gezogenen Mützen bei mir ein- und ausgehen, wegen der Trikothosen oder wegen einer alten Jacke, die gewendet und erneuert werden soll, und danach bleibt uns Schneidern in Mineo nichts weiter zu tun, als Nadeln, Polsterwatte und Scheren beiseite zu legen und, an den Fenstern der Werkstatt sitzend, die Steine auf der Straße zu zählen oder im Café der Benseviti zwischen die Tische zu spucken. Dienstag war ich in Catania, um Arbeit zu suchen. Ich bin durch die Via Giordano Bruno, die Via San Michele, die Via Garibaldi und die Via Umberto gelaufen, aber alle Schneider erzählten das gleiche, nämlich daß sie wenig Arbeit hätten und viele Gehilfen zu bezahlen. Mein Schwiegervater machte mir wie üblich eine Szene wegen der 500 Lire, die er mir für die Fahrt geliehen hatte, weil er meint, sie seien für immer dahin. Aber da irrt er sich, denn sobald im August zum Fest der Heiligen Agrippina die Bauern wieder mit Stoffen für die neuen Anzüge zu mir kommen, wird er, der Bauer Ciccio Piducchio, als erster bezahlt werden. Unterdessen kam mir gestern nacht, als ich nicht schlafen konnte, der Gedanke, das, was ich schreibe, in drei Teile zu gliedern mit folgenden Überschriften:

1. Hier spreche ich.
2. Hier spricht meine Schwester Pina.
3. Hier spricht mein elfjähriger Sohn Peppi.

Im zweiten Teil werde ich so schreiben, als spräche Pina. Sie wird mir hoffentlich abends beim Strümpfestricken am Kohlenbecken erzählen, was sie sich in den 45 Jahren, die sie auf der Welt ist, vom Leben erhofft hat, und mir vielleicht auch mitteilen, was sie bei dem, was ihr widerfahren ist, im Innersten empfunden hat. Bei meinem Sohn Peppi muß ich gut aufpassen, denn er ist noch ein richtiges Kind und könnte sich Sachen ausdenken, wie sie nicht einmal in *Die Paladine Karls des Großen* zu lesen sind. Aber mit ein paar zuckersüßen getrockneten Feigen, die ich mir von meiner Frau geben lasse, weiß ich schon, wie ich ihn zum Reden bringe.

Und so hatte ich die Feder, die ich in der Nähmaschinenschublade gefunden hatte, mit etwas Glaspapier blankgeputzt, ein wenig Anilin gekauft und die Tinte angerührt und war zu Don Giovannino gegangen, der im Rathaus angestellt ist und zwei Jahre in Palermo studiert hat. Die übliche Begrüßung:

Ich: »Küß die Hand, Don Giovannino.«

Er: »Grüß Gott, Pietro.«

Er saß an seinem Schreibtisch, auf dem mehr Staub als Bücher lagen, mit der Kaffeetasse in der einen und der zerknitterten Zeitung in der anderen Hand, während ich, behutsam und weit ausholend, um ihn nicht wütend zu machen, ihm zu verstehen gab, daß ich dabei sei, etwas zu schreiben und es gern von ihm korrigieren lassen würde, und sei es nur wegen der Zeichensetzung.

Er: »Ha! Ha! Ha! Selbst die Flöhe fangen heutzutage an zu husten.«

Bei allem Respekt, den die Leute in Mineo vor seinem Vater, dem Bürgermeister Don Giuseppino gehabt haben, war ich doch drauf und dran, ihm klar und rundheraus zu sagen: »Ich pfeife auf Euch und Euer Universitätsstudium und auf alle Eure Bücher. Aber bei dem Gedanken, daß man mit Schweiß und Blut sein Brot verdient und daß ein Adliger wie Don Giovannino mich mit Steuern und anderen Schikanen ruinieren könnte, machte ich kehrt und ging. Geräuschvoll erhob er sich und rief mir nach: »Wenn du deinen Roman fertig hast, bring ihn mir her, damit ich meine Schwäger und meine Söhne zum Lachen bringen kann!«

Ich aber, störrisch wie ein Maulesel, ging nach Hause und suchte mir unter meinen wenigen Büchern eine italienische Grammatik heraus, auf der Italien abgebildet war, und machte mich daran, die Zeichensetzung zu lernen. Ich habe keine Scheu, ein paar Sätze zu Papier zu bringen, denn die Gedanken sind ja da. Was mich verdrießt ist vielmehr, daß ich mit Papier und Feder Zeit verschwende und nicht arbeiten kann, um mir Getreide und Öl zu kaufen. Aber hin und wieder macht es auch Spaß, in der eigenen Erinnerung all dem nachzugehen, was geschehen ist, und beim Schreiben zu erkennen, daß die Welt besser werden muß.

Hier spreche ich

Der Tod meiner Mutter
und die Briefe der Bauernburschen

Als meine Mutter starb, packte würgende Verzweiflung mich und meinen Vater, den Bauern Ignazio Sciré. Ich war zweiundzwanzig Jahre alt (seit einem Jahr verheiratet) und schnitt gerade ein Paar Hosen für Don Mario Carcò zu. Ich ließ alles stehen und liegen und lief in die Bellissima-Straße: eine steile Treppe, an deren Seiten sich der Müll aufhäufte. Zum Glück fand ich Don Peppi, den Tischler, in Hemdsärmeln vor seiner Werkstatt sitzen. Sobald er verstanden hatte, daß ich zu ihm wollte, richtete er sich langsam auf. Er war groß, hatte tiefliegende Augen und leicht ergrautes Haar.

Don Peppi: »Was gibt's, Pietro?«

Ich: »Meine Mutter ist gestorben.«

Don Peppi: »Madonna!... Und jetzt willst du einen Sarg?«

Wir betraten seine Werkstatt, die wie in die Erde eingesunken und dunkel war, aber eigentümlich nach frischem Holz und Leim roch. Er zündete ein Petroleumlämpchen an, und ich sah die Särge, die durch den Firnis wie Spiegel glänzten, in einer langen Reihe an der Wand stehen.

Don Peppi: »Dieser hier ohne viel Zierat ist das richtige für dich. Einfach, fest und preiswert.«

Und als er mit seinen langen, blutleeren Fingern draufklopfte, gab es einen dumpfen Ton wie von einem gesprungenen Krug.

Don Peppi: »Du kannst unbesorgt sein, der ist richtig. Und jetzt komm ich mit zu dir nach Hause – zum Ausmessen. Sonst können wir auch den nehmen, der unter dem Bild von San Giuseppe steht.«

Aber als er hörte, daß wir nicht sofort bezahlen könnten, weil die Krankheit meiner Mutter uns bis auf den letzten Heller ausgesaugt hatte, brach die Welt zusammen.

Don Peppi: »Teufel noch mal, glaubt ihr vielleicht, ich arbeite, um allen Kredit zu geben? Wenn ich keine Lira mehr habe, kommt keiner mehr zu mir, und die Bauern verkaufen mir nicht mehr das Holz, das ich brauche. Und ich pfeife auf dem letzten Loch, weil ich Mitleid habe! Aber diesmal rücke ich keinen Sarg heraus, wenn er mir nicht vorher bezahlt wird, nicht um Jesu Christi willen!«

Durch den Wutanfall fing er an zu husten und spuckte Blut, denn er war tuberkulös. Ich ließ ihn so stehen, blaß, den Kopf auf die Särge gestützt, während das Lämpchen zu erlöschen schien, und es kam mir vor, als bewegten sich die gekrümmten Schatten dort in der Werkstatt wie lauter verdammte Seelen. Alle verbrachten wir zunächst acht Tage, die die Hölle waren. Wir konnten den Laden der Trauer wegen nicht schließen, da bald der Besitzer des Leichenwagens kam, bald der Totengräber, zahnlos, halb betrunken mit starker Fahne, bald der Priester mit roter Nase, unterwürfiger Miene, über und über lächelnd und mit gierigen Händen, bald die in Tücher gehüllten Verwandten, und alle räusperten sich und forderten, was wir ihnen schuldeten: Geld Geld Geld.

Als alles vorüber war, hatte ich gewaltigen Hunger und war wie zerschlagen von Müdigkeit. Ich aß alles auf, was ich in den Schubladen fand, und schlief einen ganzen Tag lang, dumpf und schwer wie ein Toter. Ich hatte nicht einmal Zeit, um meine Mutter zu weinen, denn als ich aufwachte, hatte ich kein Bedürfnis mehr danach und mußte schleunigst in die Werkstatt, um einem Bauern, der heiraten wollte, einen Anzug anzupassen. Meine Werkstatt liegt in der Langen Straße und hat früher meinem Großvater Peppi als Wohnung gedient. Die Lange Straße ist die längste Straße von Mineo und beginnt an der Piazza direkt neben dem Casino der Adligen, und je tiefer sie hinabführt, desto enger wird sie, bis sie sich nach mehrfachen Windungen wieder öffnet und auf dem Piano di Santa Maria Maggiore endet, einem gelben Platz, auf dem sich Staub, Sonne und schreiende Jungen sammeln. Die Häuser hier mit ihrem verblassenden, abblätternden Kalkanstrich sind alle gleich: einstöckig, mit schrägen Lehmziegeldächern, die sich zur Straße hinneigen, und Türen, die fast immer geschlossen sind, morgens und abends, sommers und winters. In den kalten Monaten, wenn ich mit hängenden Armen hinter den Werkstattfenstern sitze, schaue ich gern dem Regen zu, wie er Bächlein die Lange Straße hinunterfließen läßt und sprudelt und brodelt und sich gelb färbt von aufgeweichtem Staub und Dreck. Meine Werkstatt liegt zu ebener Erde und hat eine robuste Tür und einen Riegel, die immer mehr verwittern, und ein rechteckiges Fenster, das zittert und scheppert, wenn die Karren, bis an die Dächer hoch mit Stroh oder Holz beladen, vorbeifahren. Es kommt mir seltsam vor, nach zweiunddreißig Jahren, die ich jetzt auf der Welt bin, mit solcher Genauigkeit von den Dingen zu reden, zwischen denen ich lebe; aber ich stelle mit Erstaunen fest, daß mein Innerstes in sie eingegangen ist. Jedenfalls muß ich noch erwähnen, daß meine Werkstatt aus einem großen Zimmer besteht mit einem Bogen aus Mauerwerk in der Mitte, und dort steht der Arbeitstisch mit den Scheren, dem Nähgarn, das sich ständig verwickelt, und der elektrischen Lampe, auf der sich die Fliegen niederlassen, um Wärme zu suchen. Durch zwei Vorhänge aus uraltem

Stoff ist ein winziges Zimmerchen vom Rest der Werkstatt abgeteilt, das sozusagen vom bloßen Atem zweier Kinder bereits ausgefüllt ist. Dort öffnet sich in einem Mäuerchen aus feuchtem Lehm eine uralte Zisterne, an die sich schon mein Großvater erinnerte, an die sich meine Mutter erinnerte, an die ich mich erinnere und in der eine menschliche Stimme nur noch einen schwachen Ton gibt, der mit einem leisen, erstickten Klagen zurückkommt, das angst macht. Das Wasser, das in einem knarrenden Eimer hochgezogen wird, den man ein ganzes Stück hinunterlassen muß, bis er schließlich auf die dunkle Wasseroberfläche aufschlägt, ist frisch und leicht bitter. Und früher, bevor das Wasser aus der Salonia nach Mineo geleitet wurde, kamen viele Leute in die Werkstatt, um ihre Krüge aus der Zisterne zu füllen, das Vieh damit zu tränken, ihre Wäsche zu waschen oder an den Tagen, an denen man nichts weiter tun kann als essen, ihre Bohnen darin zu kochen.

Und doch muß ich sagen, daß auch ich einige schöne Tage erlebt habe. Vor vielen Jahren, als ich noch jung war und es an den Maiabenden im ganzen Ort nach frischgemähtem Gras roch und die Schwalben wie verrückt um die Kirchtürme sausten, suchten mich Bauernburschen in ihren mit dem Ruß der Kochtöpfe geschwärzten Schuhen in der Werkstatt auf. Ich zwinkerte Luigi, meinem Gehilfen, zu, der meistens, die unvermeidliche Haarsträhne über der Nase und die Nadel unbeweglich zwischen den Fingern, über den Kleidern einnickte. Die Bauernburschen kamen, ein wenig lächelnd, ein wenig verlegen, herein, nahmen feierlich ihre Mützen ab und begannen mit ihren Annäherungsmanövern.

Die Bauernburschen: »Gott zum Gruß, Meister Schneider...«

Luigi öffnete ein Auge, legte seine Arbeit auf den Stuhl und antwortete, während er die Kinnladen weit öffnete und sich reckte: »Gott zum Gruß.«

Die Bauernburschen: »Wir bringen Euch diese frischen Bohnen, Meister. Sie schmecken wirklich gut.«

Ich: »Danke, Freunde. Tretet ein.«

Die Bauernburschen: »Das Wetter heitert sich auf, und einen Abend wie den heutigen sollte man draußen verbringen.«

Luigi schmunzelte leicht, weil auch er den Wink verstanden hatte, aber wir blieben absichtlich ruhig, um den Auftritt noch amüsanter zu machen.

Ich: »Ihr seid gut dran, Freunde, daß ihr abends Zeit habt!«

Die Bauernburschen: »Dafür schinden wir uns tagsüber ab, wenn wir Unkraut jäten und dabei auch noch die Steine zerhacken! Und wir müssen so viele Freuden entbehren. Ihr dagegen genießt sie! Ihr könnt lesen... Ihr könnt schreiben!«

Und nachdem der Bann gebrochen war, lief alles, wie es sollte. Aus ihren mit Erdreich und vertrockneten Grashalmen beschmutzten Taschen zogen sie weiße Briefumschläge, strichen liebevoll mit der Hand darüber und pusteten sie vorsichtig ab.

Die Bauernburschen: »Meister, seid nicht böse. Aber einen Brief an unsere Liebsten für uns zu schreiben, den Gefallen müßt Ihr uns schon tun. Ihr versteht es so gut, die köstlichsten Wendungen und Worte zu finden.«

Luigi wurde lebendig, zündete eine Öllampe an, wobei er den Docht regulierte, der teilweise verrußt war, und legte mit der Sorgfalt eines gutbezahlten Sekretärs Feder, Tintenfaß und Papier auf dem Tisch bereit. Ich schrieb ein paar Zeilen und sagte dann, zu dem Betreffenden gewandt:

»Hört zu, Freund.«

Erster Brief

Meine Angebetete, mir zittern Hand und Herz, während ich Dir schreibe. Die acht Tage Schweigen sind mir sehr lang geworden. Ich müßte Dante Alighieri sein, um Dir sagen zu können, was in meinem Herzen und in meinen Adern brennt.

Der Betreffende strahlte über das ganze Gesicht, wischte sich mit dem Rücken der abgearbeiteten, rauhen Hand die laufende Nase und unterbrach mich.

Der Betreffende: »Heiliger Satan! Ihr schreibt ja wirklich gut, lieber Freund! Wie macht Ihr das, daß Ihr alle diese Personen kennt? Wer war denn dieser Dante?«

Irgendein kleiner Junge preßte draußen die Nase gegen das Werkstattfenster, das ich geschlossen hatte, und betrachtete neugierig die Lampe mit der Flamme, die steil aufgerichtet war wie ein Hundeschwänzchen, und die Bauernburschen, die sich still über mich beugten, während ich den ersten Brief beendete und mit dem zweiten begann.

Zweiter Brief

Meine ewige Liebe, ich kann nicht fern von Dir sein, ohne die Feder zu ergreifen und Dir die Gefühle mitzuteilen, die ich für Dich hege. Wohin ich auch gehe, stets ist mir Dein Bild gegenwärtig. Ich sehe Dich in den Wipfeln der Bäume, in den Blumen, die zart aus der begrünten Erde sprießen, oder im Wind, der im Korn zittert. Ich liebe Dich wahnsinnig.

Aber an dieser Stelle streckte auf einmal Turi vom Bauern Carmine den Arm aus und hielt ihn vor mich hin, als wollte er einen wütenden Stier aufhalten und sagte:

Turi vom Bauern Carmine: »Nein, Meister, nein! Dieses ›wahnsinnig‹ ist falsch. Ihr müßt entschuldigen, wenn ich Analphabet so etwas sage, aber was recht ist, muß recht bleiben. Auf Sizilianisch sagt man ›pazzamente‹ (wahnsinnig), aber das ist häßlich und beleidigend. Auf Italienisch dagegen sagt man ›pazzientemente‹ (geduldig).«

Und als ich dann den Brief fast fertig hatte, machte er sich ganz klein, wurde rot und murmelte:

Turi vom Bauern Carmine: »Ihr müßt entschuldigen, Meister, aber in anständigen Worten sollt Ihr noch hinzufügen, daß es nicht recht ist, wenn ihre Mama mir eine Schüssel Wasser über den Kopf schüttet wie beim letzten Mal, ausgerechnet als ich an einer Straßenecke, standhaft wie ein Pfahl, bis Mitternacht gewartet hatte, um ihr ein paar Worte zu sagen.«

Ich hörte Stühle scharren und sah, wie Luigi polternd das Schaufenster öffnete und im Dunkel der Rocca-Gasse verschwand, er lachte schallend, und mir schien es, als müsse der ganze Ort ihn hören, und aus jedem dunklen Winkel würden verdutzte und erstaunte Mineolaner auftauchen.

Aber dann kam ein Jahr zum andern, ich überschritt die fünfundzwanzig, eine Familie wuchs mir heran, und ich arbeitete allein für alle. Mein Vater wurde alt, und jeden Abend, wenn er dem Esel die Quersäcke abnahm, seufzte er.

Mein Vater: »Ich habe nicht mehr die Kraft wie früher. Ich werde alt, und auf dem Feld fällt es mir schwer, die Hacke zu heben oder den Pflug zu schieben.«

Jetzt, wo mein Vater tot ist, ebenso wie meine Mutter und wie mein Sohn Angelo, kommt es mir vor wie ein wirrer Traum, wenn ich mich an ihn erinnere und ihn lebendig vor mir sehe im Stall, am späten Abend, wenn die Schornsteine dunkel wurden und die Schatten der Dächer über unseren Hof fielen. Er band den Esel an der Futterkrippe fest, brachte ihm eine Handvoll trockenes

Stroh und Heu, das seinen Duft verloren hatte, und zählte die schrumpfenden Holzstöße hinten im Schuppen.

Mein Vater: »Diesmal werden wir am Ende noch Feuerholz kaufen müssen. Das ist mir in meinem ganzen Leben noch nicht passiert.« Und er riß ruckartig an irgendeinem trockenen, saftlosen Olivenast, der seine zusammengerollten, brüchigen Blätter verlor. An den im Lauf der Jahre verschmutzten Wänden schlich hier und da eine dicke Maus entlang. Ich wußte nicht, was ich sagen sollte, denn mir fehlte es an Arbeit. Aber von oben kam die Stimme meiner Frau und schallte über die unbeleuchtete Treppe herunter.

Meine Frau: »Haltet euch nicht mit langen Reden auf, da unten! Die Suppe ist fertig, und der Lattich wird schon kalt.« Zum Glück entfernen sich in dem Maß, wie die Zeit auf Erden vergeht, erlebte Empfindungen. Und selbst zäheste Erinnerungen kehren immer langsamer ins Gedächtnis zurück, als ob ein Nebel sie verdeckt und sie nur noch verschwommen erahnen läßt, so daß es schon lästig ist, auch nur daran zu denken. Und ich wundere mich, daß sich beim Gedanken an meine Mutter oder an meinen Sohn Angelo, der nur acht Jahre alt geworden ist, meine Augen nicht mit Tränen füllen und daß ich so ungerührt mit der Feder in der Hand dasitze und diese armen Blätter vollschreibe. Am meisten lenkt mich in diesem Augenblick der Wind ab, der draußen murmelt und in der Küche, wo ich schreibe, durch die Fensterläden dringt, als wäre er aus Wasser. In den Schulbüchern aus der fünften Grundschulklasse las ich, daß Wind Luft ist, die sich bewegt. Aber das stimmt nur am Tage, wenn jeder Stein, jede Straße, jedes Tier klar und deutlich ihren Platz einnehmen. Nachts dagegen ist der Wind meiner Ansicht nach lebendig und fühlt wie ein Mensch. Und ich will das Fenster nicht öffnen, weil ich Angst habe, es könnte wahr sein, was ich hier schreibe. Don Giovannino, der um diese Zeit tief in seine wollenen Matratzen versunken und mit einer Seidenhaube auf dem Kopf schläft, würde lachen, wenn er so etwas läse. Um diese Stunde weht draußen ein Wind, der sich in großen schwarzen Streifen über Straßen und Dächer zieht. Er sucht und wittert und tobt und hat Mineo in einen großen dunklen Ball verwandelt, den er auf dem Gipfel eines Berges in der Schwebe hält. Aber ich will mich nicht in solchen Phantastereien verlieren, die völlig fruchtlos sind, und wieder auf meine wirkliche Lebensgeschichte zurückkommen.

Der Sommer und mein Freund Antonio

In Mineo bricht der Sommer plötzlich aus, ohne daß irgend jemand darauf gefaßt ist. Noch wenige Tage vorher begegnet man auf der Varanna oder auf der Itria nur vereinzelten Bauern mit schwarzem Schultertuch und schlammbespritzten Hosen, auf ihrem Weg bergab über den steilen Hang mit all dem feuchten Erdreich und dem Müll, der sich an jeder Straßenecke von Tag zu Tag mehrt und qualmend die Luft schwärzt. Aber im Laufe einer Woche wird die Sonne kräftig und stark, und die schiefen, wie übereinander hockenden Hütten verlieren ihre Feuchtigkeit, trocknen aus und werden kochendheiß wie Öfen. In den Gäßchen bildet sich Staub, der jedesmal, wenn jemand vorbeigeht, hochweht und sich auf die Mauern legt. Der Straßenkot verfärbt sich und bedeckt die niedrigen Haustüren, und weiß, gelb und schwarz kommen die breiten Steine wieder zum Vorschein. Aus dem trockenen Felsabsturz des Kastells, aus dem Hang an der Stadtmauer, wo die Brennessel sich rot färbt und vergeht, oder zwischen den stachligen Feigenkakteen, die sich unter der Gluthitze zu krümmen scheinen, drängen sie mit gleichmäßigem, unbeirrbarem Rhythmus ins Freie, und sie finden sich auch auf den Dächern, wo sie in den tausend verschiedenen Augenblicken des Tages wie unberührbare, heilige Symbole leuchten. Und über den Stoff gebeugt, der langsam Form annimmt, fühle auch ich plötzlich, daß meine Finger nicht mehr steif sind vor Kälte, sondern in dem neuen Licht, das die Nadel funkelnd zurückwirft, warm

und beweglich werden. Der Sommer kommt mit den Fliegen, die noch etwas ängstlich durch die Fensterläden hereinsummen. Erst sind es nur wenige, klein und langsam, aber in dem Maße, wie der Müllhaufen auf der Rocca austrocknet und qualmt, werden es mehr, und es bilden sich surrende Wolken, die in die Häuser einfallen. Neben mir läßt Luigi, von dem neuen Leben überrascht, seine Arbeit in den Schoß fallen und schläft plötzlich mit halboffenem Mund und einem Faden Garn an den Lippen ein. Ich schüttle mich, recke und strecke mich und rufe leicht benommen aus: »Der Sommer ist da!«
Ich würde gern aufrecht auf einem Stuhl sitzen bleiben und mich mit geschlossenen Augen meinen Phantastereien überlassen, aber gerade zu dieser Zeit häuft sich die Arbeit, weil das Fest der Heiligen Agrippina näherrückt. Wir hängen mit schweren Gliedern über dem Stoff mit seinen wechselnden Farben, und Luigi wischt sich den Schweiß von der Stirn und sagt: »Die Luft fängt an zu flimmern, man kann kaum noch atmen.« Wir sprechen nur wenig, und eintönig folgen einander die Tage in der trockenen Hitze und dem Arbeitsfieber, das unsere Hände antreibt. Nur an einigen wenigen Sonntagen sind wir frei von Verpflichtungen; keine Stoffe mehr in der Werkstatt, nur Nähgarn, Polsterwatte und Kreide liegen hier und da herum. Und nachdem wir letzte Hand an die Knopflöcher einer Jacke gelegt und ein Paar Hosen abgebürstet haben, rufe ich Ciccio, den Sohn der Bäckersfrau, der barfuß läuft und Hosen trägt, die weder lang noch kurz und überall geflickt sind.

Ich: »Ciccio, bring diesen Anzug zum Pächter Tizio.«

Ciccio: »Zu Diensten.«

Ich: »Und nicht das Trinkgeld ausgeben, das du bekommst! Bring es deiner Mutter, ihr seid ja so viele zu Hause.«

Ciccio: »Ja, Meister, ganz bestimmt.«

Aber Ciccio ist schon auf und davon, und ich sehe ihn verschwinden mit seinen mageren, vorstehenden Schulterblättern, die sich in alle Richtungen bewegen wie die Flügel eines alten, gejagten Huhns. Ich stecke die Stecknadeln und Nähnadeln in den Rumpf der Schneiderpuppe, die neben dem Zisternentürchen steht, und gehe Antonio besuchen, meinen Freund, den Schmied. Seine Werkstatt liegt in San Francesco in einer Siedlung, die früher Nonnen mit ihren von Langeweile und Düsternis erfüllten Gesängen in ihren Mauern barg.

Antonio hat sich dort, als er zwanzig Jahre alt war, einen großen Raum gemietet und ihn mit Amboß und Esse und mit verschiedenen Stangen Roheisen, die im Feuer bearbeitet werden müssen, ausgestattet. Jetzt – nach zehn Jahren – sind die Wände rauchverkrustet, und von draußen sieht man nur einige Funken aufstieben, wenn Antonio, mit nacktem Rücken, das zischende und sich krümmende Eisen schmiedet. Die beiden Jungen, die den Hebel des Blasebalgs treten, um die Glut zu entfachen, sind so schwarz, daß sie im dichten, beißenden Staub, der in der Luft schwebt, verschwinden. Nur das Weiße in ihren Augen flattert, seltsamen, gejagten Schmetterlingen gleich, unermüdlich hin und her. Samstag und Sonntagvormittag dagegen sind sie in ihren schmutzigen Hemden draußen bei den Eseln und Maultieren, die neu beschlagen werden sollen. Dann kommt Antonio aus seiner Höhle, zieht einen grauen Kittel an und greift zu Zange und Nägeln. Die Bauern kommen mit sauberen Sonntagsmützen und ziehen die schreienden Tiere am Halfter hinter sich her.

Vor der Werkstatt gibt es glücklicherweise einen freien Platz zum Aufgang nach San Francesco hin. Dort steht, von den Häusern verborgen, eine alte Statue der Himmelskönigin mit einer rostigen Eisenkrone auf dem Kopf und einem Teufelshaupt, das unter den Füßen zertreten wird. Maultiere, Esel und einige Pferde sammeln sich auf diesem freien Platz, der sich zu einer versteckten Straße ausweitet, wo es unter Bergen von schmutzigem Papier, Töpfen, verblaßtem Nachtgeschirr und all dem Schmutz und Dreck, den die Kleinen wie die Großen dort hinterlassen, noch rohes Felsgestein gibt. Antonio arbeitet tüchtig, und wenn er am späten Nachmittag fertig ist, setzen wir uns in den langen schmalen Schatten, den die Dachziegel seiner Werkstatt werfen, und reden ein paar Worte.

Antonio: »In dieser Woche bringe ich nicht einmal das Geld zusammen, um dem Pächter Corrado das Getreide zu bezahlen. Und dabei hat es zum Glück an Arbeit nicht gefehlt. Zu Hause ziehe ich mich zurück und bin so müde, daß ich kaum noch die Kraft habe, die Bohnensuppe zu essen, die meine Frau mir kocht.«

Ich: »Auch bei mir häuft sich jetzt in der Sommerzeit die Arbeit. Hoffen wir, daß es weiter so bleibt.«

Doch mit Antonio erlebe ich am späten Sonntagabend, wenn der Ort sich leert, auch Augenblicke seltener Glückseligkeit. Auf einer steinigen Straße, die um Mineo herumführt und an der entlang, versengt und staubbedeckt, einige Akazien stehen, wandern wir nach Fuoriporta hinaus. Unsere Schritte werden leicht, und wir reden über den Mond.

Antonio: »Lieber Pietro, ich kann es eigentlich nicht glauben, daß der Mond sich jenseits der Atmosphäre befindet.«

Ich: »Aber die Bücher sagen es eindeutig. Auch ich habe bei Vollmond den Eindruck, daß er sich in der Luft bewegt, die unsere Erde umgibt, und sich sozusagen darin verfängt.«

Antonio: »Und doch, ich sage dir, wenn wir auf den Felsen von Santo Pòlito sitzen und lauschen würden, könnten wir um Mitternacht das samtene Geräusch hören, das der Mond macht, während er auf uns zukommt.«

Ich: »Schön wäre es. Dann würden wir alle Dorfbewohner rufen, so daß sie auf Eseln geritten kämen und erstaunt in Santo Pòlito stehenblieben und in die Höhe schauten.«

Antonio: »Wenn der Wind stark wehte, könnten wir sehen, wie der Mond schaukelnd herabgestiegen käme und bestimmt zwischen den Ästen des großen Johannisbrotbaumes neben der Schafherde hängenbliebe.«

Ich: »Wir reden wie Kinder. Dabei ist der Mond so groß wie Nordamerika und so trocken wie die Gassen von Mineo in diesen Monaten.«

Antonio: »Manche Dinge machen angst, wenn man nur daran denkt. Wenn wir zum Beispiel mit einer Maschine zum Mond fliegen könnten, du und ich, dann würden wir wunderbare Dinge sehen.«

Ich: »Zuerst würden wir Mineo sehen, klein wie eine Suppenschüssel, mit all seinen Kirchtürmen. Wenn wir dann weiterflögen, würden wir Italien sehen als kleinen Fleck, dann Europa und schließlich die Erde mit ihren Kontinenten im Meer, das sich bewegt und voller Schaumkronen ist.«

Antonio: »Vom Mond aus erschiene uns unsere Welt wie in ein Gebirge voller Nebel verwandelt oder wie ein sich drehender Kreisel, mal weiß, mal schwarz.«

Ich: »Und außer der Erde würden wir auch Mars und Venus erblicken wie Felsbrocken, die sich schwebend im morgendlichen Dämmerlicht wälzen.«

Antonio: »Ach ja, die anderen Planeten.«

Ich: »Lieber Antonio, wenn ich an das alles denke, fühle ich mich so klein wie ein gerade erst ausgeschlüpftes Küken.«

Antonio war ganz benommen und hatte einen Blick, der nichts festhielt, aber ich kam gegen seine starke Träumernatur zu dem Schluß:

Ich: »Und doch hat die Wissenschaft so viele Dinge erklärt. Was heute unverständlich erscheint, wird in der Zukunft erklärt werden, gemäß den seltsamen, aber unumstößlichen Gesetzen, nach denen sich die Erde, die Planeten und auch die Milchstraße bewegen!«

An solchen Überlegungen berauschen wir uns, und wie sehr wir dabei auch unsere wahre Natur entdecken, als kleine Wesen, die im Kreisen der Erde um die Sonne mitgedreht werden, so empfinden wir dennoch eine bestimmte Befriedigung. Mineo ist schon im Schlaf versunken, und von Fuoriporta aus sehe ich es wie eine dunkle, leblose Masse an den Hügel gekauert liegen. An diesen Abenden ist die Hitze so groß, daß sie uns ständig schwitzen läßt und uns den Himmel verbirgt. Antonio und mir erscheint er wie ein dunkler Teppich, den unsichtbare Menschen über unseren Köpfen ausgebreitet haben. Und so öffne ich zu Hause, bevor ich mich ins Bett lege, die Balkontür. Der Schlaf kommt nicht gleich, sondern langsam wie eine seltsame Macht, die mir in Hirn und Nerven dringt. Ich höre ihn kommen mit seidenem Rascheln und fühle mich eingehüllt wie in eine sanfte Luftbewegung.

Das Rascheln des Schlafs: »Oh! Ooooh!!«

Der Leib verfällt in Regungslosigkeit und verliert sich allmählich im Dunkeln. Ich löse mich auf.

Über den Schlaf würde ich gern ausführlich schreiben. Aber ich werde es, wenn überhaupt, in einem anderen Buch tun, falls ich weiter in diesem Müßiggang und diesem nicht endenden Winterelend dahinkümmern muß. Jetzt will ich vom Dreschen und vom Fest der Heiligen Agrippina erzählen. Denn das sind in Mineo, mit seinem Sommer voll von Steinen und Fliegen, die beiden wichtigsten Ereignisse.

Zu diesen Zeiten bin ich von morgens bis abends in der Werkstatt beschäftigt, mit dem glühenden Bügeleisen, das winzige Flämmchen sprüht, und dem grauen, blauen oder hellen Stoff, der über die kleinen Hocker gebreitet ist, auf denen man nur krumm sitzen kann. Es ist die einträglichste Zeit des Sommers. In Erwartung der Ernte denkt jeder Bauer daran, sich einen neuen Anzug nähen zu lassen, um auf dem großen Fest eine gute Figur zu machen. Zu mir kommen ihre Söhnchen. Sie schwitzen in ihren Winterschuhen, die mit staubigen Knöpfen bis zum Knöchel hoch geschlossen sind (die einzigen Schuhe, die die meisten besitzen), und haben glühende Gesichter.

Ein Junge: »Mein Vater, der Pächter Giovanni, hat schon mit Euch gesprochen wegen seines Anzuges. Hier ist der Stoff. Er hat mir gesagt, er will wissen, ob der kräftig genug ist und im Winter die Kälte abhält.«

Noch ein anderer Junge: »Dieser Stoff soll auch noch für meinen Anzug reichen, hat meine Mutter gesagt. Mein Vater kommt zum Maßnehmen, sobald er mit dem Mähen auf der Piana fertig ist.«

Ich habe ganz taube Ohren von diesen schrillen Stimmen, die sich durchsetzen und sich wichtig tun wollen. Luigi ist vollauf damit beschäftigt, den Stoff einzusammeln und wegzulegen und den aufdringlichen Jungen, die gar nicht mehr aufhören, andauernd das gleiche zu wiederholen, eins überzuziehen. Selbst Teresa, die Bäkkersfrau mit den zerzausten und von körnigem Mehl bestäubten Haaren, bleibt vor der Tür stehen, zwinkert Luigi zu und gibt ihre Meinung zum besten.

Teresa, die Bäckersfrau: »Dem Meister lacht das Glück. Für Euch Schneider müßte immer Festzeit sein wie jetzt.«

Auf den Schultern trägt sie ein langes, blankgescheuertes Brett, auf dem die aufplatzenden weißen Brotlaiber aufgereiht liegen. An diesen Tagen voller Arbeit und Müdigkeit würde ich gern aus dem kühlen Schatten unter den breiten Blättern eines Feigenbaumes beim Mähen und Dreschen zuschauen, droben auf der Giumarra, wo mein Vater mir ein kleines Stück Land hinterlassen hat. Wenn meine Frau mir mittags, in eine Zeitung eingeschlagen, den Teller mit den Nudeln und den dampfenden Tomaten bringt, kommt sie oft darauf zurück.

Meine Frau: »Der Tod deines Vaters hat uns gerade noch gefehlt. Jetzt ist die Giumarra in der Hand dieser Gottlosen. Der Halbpächter macht alles allein, er sät, erntet und stiehlt, was er will. Und wir müssen immer Getreide kaufen.«

Sie ist eine couragierte Frau, und manchmal, wenn die Hausarbeit es ihr erlaubt, geht sie hinauf auf die Giummarra, um die verschiedenen Phasen der Drescharbeiten zu verfolgen. Sie nimmt Giovanni, den Jüngsten, mit und verschwindet mit ihrem schnellen Schritt im staubigen Sonnenlicht, das sich weiß über die Stadtmauern und die »Sechs Kanäle« legt.

Aber ich sehe es vor mir, wie sie dort auf dem Lande beim Dreschen sind, wenn mich in der Mittagszeit, nach dem Essen, eine unsagbare Schläfrigkeit übermannt. Die Lider fallen mir zu, und nur mit Mühe kann ich noch die Finger bewegen, die sich in den Garnfäden verfangen und zwischen den Stoffalten einschlafen. Die Geräusche aus dem Ort werden schwächer, und in den unscharfen, ineinander übergehenden Schatten der Höfe lassen die Hähne die Kämme hängen und nicken ein. Die Hitze legt sich wie siedendheißer Dampf über die Dächer, breitet sich flimmernd in den Straßen und hohlen Gäßchen aus und bedeckt sie mit schwerem, leuchtenden Staub. Die Mauer des Rocca-Hofes, der alt und trostlos daliegt, voll von schmutzigem Stroh und verstreutem Mist, verbirgt mir die Felder, die sich trocken und gelb um den Ort erstrecken. Ich sehe nur die Kämme des Militello-Gebirges, gleichförmig, ohne jedes Relief, und dicht bewachsen mit einer Vegetation aus Feigenkakteen, die aus großer Entfernung rötlich zu glühen scheinen. Die Fliegen bewegen sich träge und hängen sich scharenweise unter die Dachziegel oder unter die Torbögen, auf die die Sonne prallt. Und in einer Atmosphäre ungeheurer Ruhe, die den Atem stillstehen und das Blut langsamer fließen läßt, dringt dann der gemeinsame Gesang der Bauern zu mir, die auf den verlassenen Tennen mit ihren durstigen Maultieren und ihren von der Spreu ganz gelben Eseln im Kreis herumlaufen.

Die Bauern: »Lauf, lauf, kleines Maultier, bald gehen wir in den kühlen Schatten.«

Es ist ein ununterbrochener Singsang voll schwerer Traurigkeit, die keinen Trost finden kann. Für den, der ihn wie ich drinnen in einem Zimmer sitzend hört, klingt er wie eine Totenklage, die aus den leeren Feldern oder unmittelbar aus der brennendheißen Luft aufsteigt, als wäre es die Klage einer verzauberten Welt. Man hört sie den ganzen Monat Juli über zwischen den Häuserwänden, wie sie kommt und vergeht, von Santa Maria oder von den Hängen der Itria her oder vom kakteenbewachsenen Felsen von Sant' Agrippina. Aber wenn der Juli zu Ende geht, verklingt das Singen, es ist nur noch vereinzelt zu hören und vermischt sich mit dem ständigen rauhen Zirpen der Zikaden, die kleinen Gitarren aus sengend heißer Luft und trockener Baumrinde gleichen. Dann kehren die Bauern heim, und in ganz Mineo herrscht reges Treiben. Die Tiere sind mit prallen Säcken beladen, auf den Straßen wirbelt dichter Staub auf, der die Augen trübt. Die Frauen warten auf den Schwellen der Häuser in schwarzen, knöchellangen Kleidern, und an den trockenen Abenden rauchen die Schornsteine, weil immer Bohnensuppe oder Spaghetti mit Tomaten zubereitet werden. Vollständig sichtbar wird dieses Schauspiel vom Kastell aus. Die Dächer glitzern, wie wenn ein Licht auf eine glatte Wasseroberfläche fällt, und überall steigt gerader Rauch auf, so langsam, daß es aussieht, als ob er sich gar nicht bewegt und mitten in der Luft stehenbleibt; aber wenn er sich dreht und die Kirchtürme leicht grau färbt, wird man gewahr, daß er immer höher in den noch wärmedurstigen Himmel steigt. Als Junge setzte ich mich gern zwischen die Steine des seit wer weiß wie vielen Jahrhunderten zerstörten Kastells, in dem der Legende nach Ducezio, der König der Siculier, gelebt haben soll, und von dort oben aus sah ich den Rauchschwaden nach und geriet in Verzückung, wenn Mineo im Sonnenuntergang von Dächern und Balkonfenstern leuchtete wie Manoa, die goldene Stadt der Azteken. Ich war der Sohn des Königs und ritt auf einem Rappen aus meiner Burg hinaus, zwischen den Kirchturmspitzen, die sich verneigten, während ich vorbeiritt und das Sonnenlicht zurückstrahlte, bis ich im Galopp in den kühlen Tälern der Umgebung verschwand.

Doch kaum wird man erwachsen, verflüchtigen sich die Träume. Und ein armer Schneider wie ich findet sich in einer Werkstatt in der Langen Straße wieder mit den Anzügen, die anprobiert, nochmals anprobiert und genäht werden müssen, und den Bauern, die neu eingekleidet sein wollen, bevor im August das Fest der Heiligen Agrippina beginnt, und die obendrein meine Arbeit, auch wenn ich sie nachts in fieberhafter Eile erledige, nicht bezahlen können. Tagsüber komme ich kaum zum Luftholen, und abends, beim Schein der Lampe, die mitten im Raum, und einer anderen, die abgedunkelt über der Nähmaschine hängt, arbeiten wir weiter, Luigi und ich, ernst und mit schweren Gliedern. Und die Nacht, die wir hinter uns aus den trockenen Spalten des Rocca-Hofes hervorkriechen sehen und über die Steine und die leeren Blumentöpfe auf den Balkonen heraufsteigen hören, findet uns dann noch immer in der Werkstatt wie Gespenster, die atemlos eine verlorene Ruhe suchen. Die

Nähmaschine knarrt unter meinen Füßen, und ihr Rad dreht sich in gleichmäßigem Rhythmus, und ihre Nadel zieht über den Stoff hin, den meine Hand nach hinten auf die Tischplatte wirft.

Das Geräusch, das dabei entsteht, hört sich merkwürdig an wie das Klappern von lauter Tongeschirr, und so mancher Bauer, der nach Mitternacht in den schlafenden Ort heimkehrt, sagt mir, er habe es schon unten auf der Piazza oder bei der Fleischerei von Don Turiddu gehört. Luigi folgt mir emsig bei der Arbeit und sitzt schweigend da mit ernstem Gesicht, während er insgeheim an seine Frau denkt, der er ein neues Kleid für das Fest nähen möchte, und an den Kichererbsennougat, den er seinen beiden etwas pummeligen und blassen Töchterchen, Giovanna und Maria, schenken will. Er bricht die Kohlenstücke entzwei, zerbröckelt sie und füllt das Bügeleisen damit, das bald darauf dampft und glüht. Dann hängt er einen Anzug auf die Schneiderpuppe, schneidet die Knopflöcher ein und säumt sie mit glatter Seide.

Bis dahin wissen wir nicht, ob die Außenwelt existiert. Aber wenn wir uns hinsetzen, um mit Nadel und Faden letzte Hand an Kleiderärmel und Hosengurte zu legen, staunen wir über die Stille ringsum. Und dabei haben wir, ohne es zu wollen, zwei Freunde liebgewonnen. Dort draußen in den verlassenen Feldern stoßen sie ihre schmerzlichen Schreie aus, Schreie von Wesen, die zu einem Leben in Einsamkeit und Dunkel verdammt sind. Es sind die Zwergohreule und die Hunde.

Die Zwergohreule: »Dju djuu, djuuu.«

Sie wird wohl in einem vertrockneten Busch an der Mauer oder in den Felsspalten von Fuoriporta hocken. Geistesabwesend und in Garn und Stoff versunken, wie ich bin, höre ich sie zuerst gar nicht, aber der Schrei wiederholt sich fortwährend und, so scheint mir, mit immer größerem Schmerz.

Ich: »Luigi, unser Freund ist da. Nur Mut, wir sind nicht allein!«

Und ich spüre eine gesteigerte Energie, die Finger atmen auf und beginnen flink zu tanzen. Luigi läßt sich nach Kinderart auf eine Unterhaltung mit der Eule ein, wobei er ihren ›Più-Ruf‹ als einen Schrei nach ›mehr‹ interpretiert.

Die Eule: »Più, più!«

Luigi: »Willst du eins?«

Die Eule: »Più!«

Luigi: »Willst du zwei?«

Die Eule: »Più, più!«

Luigi: »Willst du drei?«

Die Eule: »Più, più, piuuuu!«

Und die Eule fährt unbeirrbar und unersättlich fort, bis sie sich in Richtung der Felder entfernt. Luigi lächelt, trinkt einen Schluck Wasser aus einer bauchigen Flasche, die wir in einem rostigen Wassereimer stehen haben, und wischt sich den Schweiß ab, der ihm über die Augenbrauen und den dicken Hals herabläuft. Gegen drei Uhr morgens, wenn ein schwaches Lüftchen schubweise durch Tür und Fenster hereinkommt, das den Gestank von Mist und Abfällen mit sich bringt, beginnen wir das anhaltende Kläffen der Hunde zu hören.

Die Hunde: »Wauu! Wauuuu! Wauuuuu!«

Meistens stößt ein Hund, vielleicht durch die tiefe Stille geweckt, als erster seinen Lockruf aus. Nach und nach lassen die anderen Hunde ihr rhythmisches Geheul als Echo ertönen, und so suchen und antworten sie sich über große Entfernungen hin, von den Bergen von Caltagirone bis zur Ebene von Palagonia, und sind in ihrem einsamen Leben in der Finsternis alle miteinander verbunden durch diese dumpfe Sprache.

Die Hunde: »Wauu! Wauuuu! Wauuuuu!«

Obwohl sonst träge und verschlafen, wird Luigi dann

ganz hellhörig und nimmt großen Anteil an diesem nächtlichen Leben. Die Stimmen der Hunde hindern ihn an seiner Arbeit, machen ihn verwirrt und abwesend. Manchmal sehe ich, wie er leicht verstört, mit starrem versunkenen Blick, aufsteht, sich auf die Stufe vor der Tür setzt und den in der Landschaft verstreuten Tieren mit einer tiefen, hundeähnlichen Stimme antwortet:

Luigi: »Wauu! Wauuuu! Wauuuuu!«

Ich würde ihm einen Stoß in den Rücken geben, um ihn aus solchem Hundedasein aufzuwecken, aber er steht von selbst wieder auf und nimmt, halb befriedigt, halb vertrottelt, den Stoff wieder zur Hand.

Luigi: »Wir müssen unseren Freunden antworten. Sie warten das ganze Jahr darauf, mit uns zu reden und uns mit ihren Kehlen etwas zu sagen.«

Als spüre er in sich etwas von dem animalischen Leben, das ihm aus grauer Vorzeit von seinen Vorfahren, die vielleicht mit den Hunden zusammen schliefen und aßen, übermittelt worden ist. Aber die Freundschaft mit der Zwergohreule und den Hunden ist von kurzer Dauer, und wir sitzen wieder da mit unseren müden Knochen. Von Osten zieht dunstig und in roten Streifen der Tag herauf und mit ihm das Summen der Fliegen, die in Scharen die Straßen füllen. Wir sind blaß, haben geschwollene Hände, während der Spiegel unsere krummen Abbilder bannt und mit seinem fahlen Licht umrahmt. Das Hufeklappern einiger Esel hallt durch die Lange Straße, und wenn die reitenden Bauern vor unserem Fenster auftauchen und wieder verschwinden, rufen sie uns Grüße zu, daß uns die Ohren dröhnen.

Die Bauern: »Gutes Gelingen, und behüt' Euch Gott, Meister!«

Zum Glück lassen sich diese Tage ohne Ende an den Fingerspitzen abzählen, und wenn sie vorbei sind, lassen sie uns leer und untätig zurück in dem Festlärm, der aus jedem Hof von Mineo dringt. Das ganze Jahr über wird auf das Fest hingelebt. Es erwächst aus der Sehnsucht der vielen Mädchen, die sich neu einkleiden wollen, um auf den Straßen spazierenzugehen, und aus den Erinnerungen der alten Dorfbewohner, die es verklären und es zu einem ganz besonderen Ereignis machen, wenn sie davon in allen Einzelheiten den Enkelkindern erzählen. Einige Tage vorher beginnt Giovanni, der Tischler aus San Francesco, mitten auf der Piazza aus Brettern, die schon seit einem Jahr bearbeitet und bereitgestellt worden sind, ein kleines Podium aufzubauen. Jungen, die nichts zu tun haben, stehen herum und beobachten die Arbeiten und verfolgen mit Zeichen der Freude und ständigem Geschrei, wie die Tribüne unter den staubigen Händen und dem Klopfen der Hämmer Form annimmt und fertiggestellt wird. Manchmal kommt Don Peppi, der Sargtischler, dazu, um Giovanni zu helfen, und man kann ihn sehen, wie er, gelb und mager, seine überlangen Arme schwenkt. Auf der Tribüne werden in neuen Hüten und mit Instrumenten, die in tausendfachem Glanz erstrahlen, die Musikanten aus einem Nachbarort spielen. Die Alten und die Frauen werden ihre Stühle auf den kleinen Platz tragen und sich im Kreis um die Tribüne setzen, damit sie mitten in dem Lärm ringsum unter den Glühbirnen, die in bunten Trauben an überall gespannten Drähten aufgehängt werden, die Musik hören können. Um das Geld für die Kosten zusammenzubringen, zieht in den Tagen vor dem Fest eine Kommission von sechs Bauern durch die Gassen mit einem Esel, der auf dem Rücken Quersäcke für das Getreide und an der Vorderseite ein Bild der Heiligen trägt. An jeder Tür bleiben sie stehen und klopfen.

Die Bauern: »Nachbarin, eine kleine Spende für unsere Schutzpatronin!«

Die Frau mit dem gelblichblassen Gesicht nimmt eine

Kelle Getreide aus den Säcken, die hinter der Tür stehen, und gibt es der Kommission, die ihren Rundgang fortsetzt. Mittlerweile läßt der Esel die Ohren hängen und bewegt sich in der Hitze der engen, ineinander mündenden Gassen mit ihren Abfallhaufen und den spitzen, aus dem Lehm hervorbrechenden Steinen nur noch mühsam vorwärts. Und eines Morgens dann, während wir noch in den Betten schlummern, bevor die Feuer der Morgenröte den Himmel versengen, läßt uns das Trommeln der fremden Musikkapelle aus dem Schlaf hochfahren. Auf diesen Lärm hin öffnen sich in jedem Viertel und in jeder Gasse Fenster und Balkone, schlafverstörte Gesichter kommen zum Vorschein, und Arme heben sich und winken unter den fröhlich klappernden Dachziegeln.

Der ganze Ort: »Das Fest ist da! Das Fest ist da!«

Die Mineolaner lieben diesen Ausbruch von Lebensenergie, diese Begeisterung, die nach einem Jahr der Mühen und der Einsamkeit jeden ergreift. Die Mütter sind glücklich, weil sie Ehen in die Wege leiten können für ihre Töchter, die in sehr seltsamen, manchmal auch drolligen Kleidern und mit dem Gesichtsausdruck liebestrunkener Tiere aus Hütten und Ställen hervorkommen. In der Bewertung des Festes sind sich alle einig.

Die Mineolaner: »Das Fest bedeutet Handel, Tausch und Geldeinnahme.« Ihre schlichten, sicheren Worte werden wiederholt und weitergegeben wie gesellschaftliche Regeln, die längst endgültig feststehen.

Das Fest dauert nicht nur einen, sondern sieben volle Tage, die mit Luftballons, Böllern, Girlanden und türkischem Honig unseren Durst nach Vergnügungen stillen.

Freude herrscht in jeder Familie. Meine Frau und meine Schwester Pina stehen früher auf als sonst, putzen jeden alten Stuhl, wischen in jedem Winkel unserer drei Zimmerchen Staub und steigen zu guter Letzt in den Schuppen hinunter, um den Hahn zu schlachten. Er tut einem leid, wenn man ihn mit den Flügeln schlagen sieht, während die Hände meiner Schwester ihn zappeln lassen und ihm den schlanken Hals umdrehen. Der schöne Kamm entfärbt sich, ein paar Tropfen Blut fließen ihm aus dem Schnabel, und seine bunten Flügel bewegen sich in rasendem Zittern wie in einem Totentanz. Ich habe Hähne von klein auf geliebt. An den drückend heißen Nachmittagen saß ich auf dem Söller unseres Hauses und schaute ihnen zu, wenn sie noch ganz klein und an einigen Stellen noch nackt waren, mit ihren wachsfarbenen Kollern und violetten, von Sehnen durchzogenen Flügeln. Sie sammelten sich in kleinen Grüppchen in den trockenen rostfarbenen Brennesseln, die am holprigen Hang an der Mauer fleckenweise zwischen den Steinen aus dem Müll hervorwuchsen. Wenn Antonio mit seinem sonnenverbrannten Gesicht und seinen mageren Beinen zu mir kam, setzte er sich neben mich und vertiefte sich wie ich still in die Bewegungen der Hähnchen.

Meine Mutter zog sie mit Hingabe auf und rief sie mittags und abends zusammen.

Meine Mutter: »Put, put, put.«

Ich schüttete die Kleie in einen verkrusteten Napf, und mit Freuden rührten Antonio und ich sie an. Die Küken drängten sich um das Futter und pickten unter ständigem Gegacker, während sich unter ihren langen Hälsen die Kröpfe abzeichneten und immer runder wurden. Gleich darauf liefen sie wieder auseinander – auf der Suche nach einem Wasserrinnsal oder einer Pfütze Eselurin. Doch zum Jubel wurde unser Lieblingsspiel, wenn eines schönen Tages, ohne daß wir damit gerechnet hatten, irgendein kleiner Hahn mit Federn, die sich bereits rot färbten und dichter wurden, auf einen Stein gekrallt, den ersten Freudenschrei ausstieß.

Der Hahn: »Kikeriki!«

Die Stimme war noch etwas zittrig, drückte aber ein Gefühl unsagbarer Befreiung aus.

Ich und Antonio: »Der Hahn mit dem nackten Hals hat gekräht!«

Wir rannten los, um den Schelm zu fangen, und um ihn zu erwischen, stürzten wir uns in die Brennesseln, kamen aber beschämt wieder heraus, mit leeren Händen und mit Beinen, auf denen sich zusehends die Nesselbläschen entzündeten und ausbreiteten.

Aber ich will meine Kindheit mit den Hähnchen und den sonnigen, steineglänzenden Mittagsstunden verlassen und auf das Fest zurückkommen, bei dem das Sonntagsessen nicht vergessen werden darf. Jede Frau ist geschäftig, und bei mir zu Hause kümmert sich Pina um den Herd und die Nudeln und das duftende Fleisch und meine Frau um die Eier und den Zucker für die Nachspeise. Gegen Mittag erhebt sich stürmisches Glockengeläut gen Himmel, und wir sitzen um den Tisch herum, auf dem die unterschiedlichsten Gerichte dampfen, als wäre es das Fest eines Königs. Meine Kinder, Peppi, Antonia, Iana und Giovanni, fischen mit ihren Gabeln, die sie noch gar nicht richtig zu halten wissen, in den Tellern herum und beschmieren sich das Gesicht mit Soße und Fleischstückchen. Wenn meine Frau schließlich die weißrosa Nachspeise mit der Mandel in der Mitte hereinbringt, bricht ein wildes Freudengeschrei unter meinen Kindern aus. Ihre Augen glänzen und spiegeln unbeschreibliches Erstaunen.

Peppi: »Ich, ich!«

Iana: »Für mich! Für mich!«

Antonia: »Für mich, für mich!«

Giovanni: »Ih! ih! ih!«

Giovanni, der Kleinste und etwas Schmächtige mit seinen O-Beinen, die nicht gerade werden wollen, als wären sie vom Tragen eines ungeheuren Gewichts ermüdet, ahnt, daß er in diesem Durcheinander den kürzeren zieht, und versucht sich mit spontanem heftigen Weinen durchzusetzen. Das bringt die anderen Geschwister zum Verstummen und läßt ihre Hände, die sie gerade in die noch warme Milchspeise tunken wollten, in der Luft stehenbleiben.

Meine Frau: »Ruhe! Ihr bekommt ja alle was. Dankt lieber eurem Vater, daß er gearbeitet und uns diese Gottesgaben verschafft hat. Und denkt an all die Ärmsten, die zu dieser Stunde nicht einmal Brot haben.«

Bei Einbruch der Dunkelheit ist der Ort voll von Bauern, die in glänzenden neuen Anzügen und mit ausgebürsteten Mützen über den Ohren aus den Höfen von Santa Maria, San Pietro und von der Itria herunterkommen. Mit dem dumpfen Gemurmel eines anschwellenden Flusses bewegen sich alle auf den Platz vor der Sant' Agrippina-Kirche zu, wo die Heilige herauskommen wird. Die Kirche ist offen, wimmelt von Leuten und stinkt nach Wachs und säuerlichem Schweiß.

Ich stehe mit meiner Frau, meiner Schwester Pina und meinen Kindern, die sich in dem Wald von Beinen auf dem Platz verirren, von allen Seiten bedrängt, im Schwanken dieser gleichförmigen, stummen Masse von Menschen, und so warten wir auf das Erscheinen der Heiligen. Dunkel bietet sich die Kirche unseren Augen dar, ein Dreieck aus brennenden Kerzen leuchtet auf dem Altar, und grünlicher Dunst, von den Körpern und den Wachskerzen ausgehend, verschleiert die Pfeiler. Von Gläubigen getragen, bewegt sich die Heiligenstatue unter leichtem Schwanken und in majestätischer Langsamkeit durch die ganze Kirche und bleibt unter dem Bogen des Eingangsportals stehen. Die Heilige hat die Brust mit Ringen, Uhren und Armbändern behängt, die sich im Laufe der Jahre angesammelt haben und die im Licht zweier bauchiger Azetylenlampen funkeln. In einer

Hand hält sie ein Miniaturkastell, und unter ihren dunklen Füßen sieht man den höhnisch grinsenden Kopf Satans. Bei ihrem Erscheinen ertönt ein ohrenbetäubendes Krachen von Böllerschüssen, und das Licht fällt auf die abgeblätterten Häuserwände, an denen zwei Ballonverkäufer mit einem Strohhalm Ballons aus Seidenpapier aufblasen, die prall gefüllt in den verschiedensten knallbunten Farben über den Köpfen der Mineolaner hin- und herschwanken. Nach einem Moment des Zögerns und Staunens brechen die Bauern in ein die Luft erschütterndes Geschrei aus.

Die Bauern: »Es lebe unsere Schutzpatronin, die Heilige Agrippina! Sie lebe hoch!«

Der Bürgermeister mit schwarzem Zylinder und einem Band in den Farben der Trikolore, das ihm prunkvoll und vielfältig schimmernd seitlich herabhängt, flankiert von zwei steifen, breitschultrigen Carabinieri in glänzenden Uniformen mit einem prächtigen Federbusch auf dem Kopf, hebt unterdessen die Rechte und läutet energisch eine Glocke, die mit ihrem »dingdingding« das Zeichen zum Heraustragen der Heiligenstatue gibt. Die Laienbrüder (Bauern mit glühenden Gesichtern) schreiten, in weiße Stoffsäcke gehüllt, mit brennenden Kerzen in den Händen, in einer Reihe vorwärts. Und mir ist klar, daß Mineo jetzt mit seinen brennenden Lämpchen und den roten Tupfern der über die Dächer streifenden Luftballons, von oben gesehen, unter dem Rauch der Böllerschüsse, wie ein mittelalterlicher Friedhof aussieht.

So endet das Fest, von dem jeder Mann auf dem Lande, jede Frau und jedes Mädchen dieser Gegend an den arbeitsreichen Tagen des Jahres träumen. Für Mineo hat es historische Bedeutung und größeres Gewicht als die Heldentaten eines Julius Cäsar oder Napoleon Bonaparte.

Der Tod meines Sohnes Angelo und die Olivenernte

Das Unglück, das uns in der kalten Jahreszeit trifft, ist für uns arme Leute besonders finster und schwerwiegend. Es wird wohl an der Trägheit liegen, in die das Land dann verfällt, daß wir darüber nachgrübeln und es in winzigsten Einzelheiten wieder und wieder durchleben. Tatsächlich bleibt den Frauen nach dem Fest nichts weiter zu tun, als sich den Sauerteig für das Brot von Tür zu Tür zu reichen.

Eine Frau: »Nachbarin, leiht mir die Schüssel mit dem Sauerteig. Heute muß ich Brot backen.«

Eine andere Frau: »Ja, Nachbarin, aber vergeßt nicht, sie mir wiederzugeben.«

Mit einer Schüssel, auf deren Grund ein kristallines Häuflein Salz liegt, schöpft die Frau warmes Wasser aus einem Kochtopf und gießt es in den mit Mehl gefüllten Backtrog. Ihre Arbeit endet vor dem Backofen, in den sie Reisig, Holz und Stroh hineinsteckt. Die Öffnung des Ofens färbt sich rot, die Flammen winden sich und züngeln und werfen ein seltsames Licht auf die Frau, als wäre sie eine unheimliche Hexe, die in einer Höhle über bösen Zauberkünsten sinnt. Der tiefe, rote Schlund des Ofens gibt eigenartige Gurgel- und Klagelaute von sich.

Der Schlund des Ofens: »Uh! uuuh!«

Uns Männern bleibt derweil das Café der Benseviti und die Langeweile der Tage, die nicht enden wollen. Das Café der Benseviti liegt mitten auf der Piazza und besteht aus zwei Räumen zu ebener Erde. Im ersten Raum steht außer einigen nach Tabak stinkenden Stühlen, von denen der Lack abblättert, ein Schränkchen, auf dem sich Staub und Fliegen sammeln, die nun in tragischer Reglosigkeit auf den Winter und den Tod warten. Auf den verschiedenen Borden stehen an die zwanzig Flaschen mit verblaßten, sich lösenden Etiketts und einige Gläser mit Spuren von Weinstein. Don Paolo, der Besitzer mit den schlaff herunterhängenden Wangen und einer riesigen Pfeife zwischen den Zahnstummeln, schläft ewig in einem Winkel hinter der Tür wie eine Mumie, die auf der Welt zu nichts mehr nütze ist. Donna Teresa, seine Frau, schafft es gerade noch, die krummen Beine in den dreckigen Laufmaschenstrümpfen vorwärts zu bewegen und die Gäste mit einem schalen Lächeln zu bedienen, das wie eine Grimasse aussieht. Oft, wenn die größtenteils um die Tische im zweiten Raum herumsitzenden Müßiggänger im Halbdunkel zweier Petroleumlampen, die dahindämmern und zusehends herunterbrennen, die Karten holen oder Wein haben wollen, finden sie Donna Teresa in Schlaf gesunken, die Hände in den Falten ihrer Schürze vergraben, den Kopf tief auf der Brust.

Die Müßiggänger: »Donna Teresa, was denn, Ihr schlaft? Ihr solltet lieber Eure Gäste bedienen! Die Karten zum Spielen! Die Karten!«

Donna Teresa, aufgewacht: »Gleich, gleich!«

Und während sie in den Schubladen voller vergilbtem Papier und Mäusedreck kramt, murmelt sie halblaut vor sich hin.

Donna Teresa: »Oh, dieser Tod, warum kommt er nicht und holt mich?«

Dem Café gegenüber liegt das Casino der Adligen oder »alten Klepper«, wie wir, hier in Mineo, sie nennen. Es ist ein altes Gebäude, in dem ich niemals gewesen bin, mit Türen, in die oben gelbe und rote Glasscheiben eingesetzt sind, und einer durch ein abgewetztes, rostiges Eisengitter geschützten Eingangsterrasse. Die »alten

Klepper« waren ehemals Barone oder reiche Grundbesitzer, heute aber sind sie Angestellte bei der Gemeindeverwaltung, der eine oder andere ist Priester, oder es sind Bauern, die ein paar Morgen Land besitzen und ihre Söhne nach Catania zum Studium schicken. An den öden Herbst- und Winternachmittagen sehen wir Bauern und Handwerker aus dem Café der Benseviti die Adligen hinter den Glasfenstern – mit einem Hut auf dem Kopf und einem bunten Schal um den Hals – auf den Sofas sitzen, aus deren Rissen schon das Roßhaar herauskommt. Sie lassen den schläfrigen Blick kreisen und schauen einem Bauern nach, der mit seinem mit Holzbündeln beladenen Esel den Platz überquert, oder einem Windstoß, der um die Laternen wirbelt und den Hang der Itria hinunterweht. Die Besitzer mittelgroßer Höfe, die blassen, glattrasierten Studenten oder der Brigadier der Carabinieri trachten danach, in den Club aufgenommen zu werden, denn er bedeutet für alle Wohlhabenheit und Macht, was durch die Anrede »Gnädiger Herr« bestätigt wird, die man verwenden muß, wenn man mit ihnen spricht. Ich will den Faden meiner Erzählung nicht verlieren, sonst würde ich ausführlich darüber schreiben, wie wir Handwerker mit vielen Bauern zusammen vor fünf Jahren im September den Club der »alten Klepper« gestürmt, die Scheiben eingeworfen und die Sofas im ersten Raum aufgerissen haben, während die Adligen, bleich vor Angst, aus den Fenstern in die Via Erice sprangen, fortliefen, so schnell sie konnten, und atemlos in den stickigen Gassen verschwanden.

Einige »alte Klepper«, rot im Gesicht, mit schütterem Haar: »Schurken, verfluchte Bauernrüpel! Glaubt ihr vielleicht, ihr habt es mit euresgleichen zu tun?«

Andere »alte Klepper«, blaß, mit weißen, zitternden Händen: »Erbarmen, Kinder, Erbarmen! Auch wir sind Familienväter!«

Alles endete mit einem aufsehenerregenden Prozeß, und einige von uns mußten schließlich ins Gefängnis gehen, begleitet von den steifen Carabinieri und von ihren am ganzen Leib schluchzenden Frauen im schwarzen Tuch. Zu der Zeit geschah das Unglück mit meinem Sohn Angelo. Er war acht Jahre alt, und wenn er bei uns oder im Capra-Hof mit seinen Brüdern oder anderen Freunden spielte, war er der Munterste und Ausgelassenste von allen. Ganz besonders gefielen ihm das Spiel mit dem französischen Krieg und das mit den Haselnüssen. Zwischen den Steinen im Hof kratzte er eine kleine Kuhle aus, in die man durch gleichmäßiges Schnippen mit Daumen und Zeigefinger eine Handvoll Nüsse eine nach der andern hineinschießen mußte. Gewonnen hatte, wer es schaffte, die Haselnüsse, die rot und dickbäuchig durch den weißlichen Staub und die glühendheißen Kieselsteine hopsten und mit einem wirbelnden Tänzchen im Loch landeten, von der ersten bis zur letzten hineinkullern zu lassen, ohne auch nur einmal daneben zu treffen.

Die dickbäuchigen Nüsse: »Drr! drr!«

Mein Sohn Angelo: »Ich hab gewonnen! Alle Nüsse sind drin!«

Er hatte ein leicht zirpendes Zikadenstimmchen, das alle anderen übertönte und durch die heiße Sommerluft rieselte wie pures Gold. Aber als der Doktor ihn sah, wie er auf dem Bett lag, auf dem meine Kinder alle zusammen unter einer roten Decke schlafen, die schon an mehreren Stellen zerreißt, schüttelte er den Kopf und schrieb etwas auf den Rezeptblock, wobei er die Nase rümpfte und die vom Rauchen und vom Alter gelb gewordenen Zähne entblößte. Blut wurde am Finger abgenommen und als durchsichtiger Schleier auf ein rechteckiges Glas gestrichen. Viele Analysen wurden durchgeführt. Aber die Milz vergrößerte sich zusehends und trieb seinen

Bauch auf, der so durchsichtig wurde wie das Seidenpapier der Ballons beim Fest der Heiligen Agrippina und so gelb, als hätte man ihn mit Öl eingerieben. Der Junge war geduldig, und nachts, wenn ihn das Fieber überfiel, wollte er immer bei seinen kleinen Geschwistern schlafen, die ihn aber in ihrer Ahnungslosigkeit schlecht ertragen konnten.

Die kleinen Geschwister: »Du läßt uns nie schlafen. Geh, und schlaf bei Papa und Mama.«

Angelo: »Aber ich bin doch krank.«

Die kleinen Geschwister: »Wir wollen keine Kranken bei uns haben.«

Unterdessen magerte er ab und schrumpfte zusammen, und wenn man ihn so sah, wirkte er wie ein altes Männlein aus einer Weihnachtskrippe. Er starb am 5. November am späten Nachmittag. Einige Tage vorher hatten wir ein Gespräch gehabt. Ich saß neben ihm, die Rechte auf dem Kissen und das Herz schwarz wie die Silvesternacht. Sein Köpfchen mit den schön gekämmten Haaren wirkte leblos, aber seine stillen, durchsichtigen Augen konnten noch lächeln.

Mein Sohn Angelo: »Papa, wann werde ich wieder gesund?«

Ich: »Bald. Der Doktor hat es gesagt.«

Mein Sohn Angelo: »Wenn ich groß bin, will ich Doktor werden.«

Ich: »Warum?«

Mein Sohn Angelo: »Dann kann ich alle kranken Kinder gesundmachen wie der Zauberer in dem Märchen, das du uns letzten Winter erzählt hast.«

Ich bin still und weiß nicht, was ich sagen soll.

Mein Sohn Angelo: »Warum sagst du nichts, Papa?«

Ich: »Nur so. Ich dachte gerade, daß du sehr verständig bist.«

Mein Sohn Angelo, lächelnd: »Du bist nicht zufrieden.

Ich auch nicht, denn ich fühle, wie mir das Fieber vom Magen heraufsteigt. Willst du meine Nüsse haben?«

Ich, mit Mühe sprechend: »Hast du viele?«

Mein Sohn Angelo: »Ja. Ich hab sie Peppi abgewonnen und Antonia und Turiddu und Cruci, dem Klempnerssohn, und noch vielen anderen Freunden. Ich war gut im Nüsseschießen.«

Ich: »Wo hast du sie?«

Mein Sohn Angelo lächelt wieder: »Oh, du willst sie wirklich haben? Komm dicht ran, dann sag ich dir, wo ich sie versteckt habe. Peppi und meine Schwester Iana sollen es nicht hören. Sie gehen sonst hin und klauen sie.«

Ich gehe näher an das wächserne Gesichtchen heran.

Mein Sohn Angelo: »Sie sind in einem Leinensäckchen. Es sind über hundert, fast alle voll. Sie sind unter Mamas Bett, auf der Seite, wo du schläfst. Da ist ein lockerer Ziegelstein, den man hochheben kann. Unter dem Ziegelstein ist ein Loch. Da findest du sie.«

Ich bin still und weiß nicht, was ich sagen soll.

Mein Sohn Angelo: »Bist du noch nicht zufrieden? Ich schenke dir alle. Sie sind schön und rund. Stell dir vor, die Signora Mena, die Alte mit der weißen Katze, wollte sie mir abkaufen, um Torrone daraus zu machen, einen Groschen für zwanzig Stück. Aber ich hab sie ihr nicht gegeben.«

An dem Tag, als er starb, war ein Wind aufgekommen, der feuchte Strohhalme, welke Brombeerblätter und Staub aufhob und durch die hohlen Gassen wirbelte. Meine Frau und meine Schwester Pina schlossen die Balkontüren, gegen deren Fensterscheiben der Wind schlug, setzten sich um das Bett herum und fingen im Halbdunkel des Zimmers an, ihn zu beweinen.

Meine Frau und meine Schwester Pina: »Mein Sohn, du Sohn meines Herzens! Mein Sohn, du Sohn meines Herzens!«

Dabei schlugen sie sich rhythmisch mit geschlossenen Fäusten auf die Brust und ließen ihre Tränen über Gesicht und Busen laufen. Draußen waren, mit ihren dunklen, im Nacken zusammengehaltenen Haaren, die Nachbarinnen erschienen, und von Tür zu Tür hatten sie ihre Worte dem Wind übergeben, der im Sonnenuntergang die Häuserwände gelb färbte und die Steine vor sich her rollte.

Die Nachbarinnen: »Heilige Maria, Mutter Gottes, bete für uns arme Sünder...«

Ich mußte zu Don Vincenzo, dem Klempner, laufen. Denn der Arzt, der mit seinem wackligen Greisengang sofort herbeigeeilt war, hatte einen Zinksarg empfohlen, um zu verhindern, daß der Leichnam bald in Verwesung überginge.

Don Vincenzo saß gebeugt auf einem Schemel und arbeitete neben dem kleinen Ofen in seiner Werkstatt voller Spinnweben, in deren Spalten, haufenweise und unheimlich, die Fledermäuse schliefen.

Don Vincenzo, sobald er alles verstanden hatte: »Bei der Madonna, Don Pietro, Ihr seid vom Unglück verfolgt.«

Diese Äußerung erschien mir überflüssig, und heftig wünschte ich mir, daß alle Menschen dem Wort die Bedeutung von etwas Heiligem gäben, das dazu diente, die nackten und wesentlichen Gedanken auszudrücken, nicht aber leere Gefühle, die gar nicht empfunden und deshalb unnütz sind.

Ich: »Was kostet es mich, Don Vincenzo?«

Don Vincenzo: »Aber, lieber Don Pietro, daran denken wir später. Das ist doch jetzt ganz unwichtig.«

Doch ich bestand darauf und bezahlte.

Zu Hause fand ich schon den Tischler und den Totengräber vor, die mir den Leichnam meines Sohnes wegnehmen wollten. Der neue Anzug seines Bruders Peppi wurde ihm angezogen, denn ich hatte es noch nicht geschafft, ihm einen neuen zu nähen, und in seine Hände, die wie Glas leuchteten, legten sie ihm ein welkendes Wermutsträußchen. Ich küßte ihm mehrmals die Wangen und konnte meinen Blick nicht von diesem kleinen Körper abwenden, der so zart wirkte wie die Blätter des Schilfrohrs, als er in dem nach Leim riechenden hohlen Sarg versank. Die schönen schwarzen Haare lagen glatt auf dem leblosen Köpfchen, und der weiße Scheitel hob sich deutlich ab. Jetzt fließen mir die Tränen, und sie verwischen die Zeilen, die ich schreibe, doch ich kann sie nicht zurückhalten, wenn ich an das Schicksal meines Sohnes Angelo denke. Ich will diese alte Feder weglegen, die so quietscht und meine innersten Gedanken doch nicht erfassen kann, und will gehen und mich im Café der Benseviti mit Rauch benebeln.

Meine Frau konnte nicht lange an dieses Unglück denken, da sie durch anderen Kummer mit den anderen heranwachsenden Kindern in Anspruch genommen war. Da waren Peppi, Iana und Antonia, und da war Giovanni, der erst vor kurzem geboren war und ständig schrie. Die Wiege des letzteren bestand aus zwei über unser Bett gespannten Seilen und ein bißchen Stoff, der mit der Zeit und durch den Urin fleckig geworden und ausgeblichen war. Eine Schnur hing auf das Bett herab und diente dazu, die Wiege in den Nächten, in denen Giovanni sein Geschrei bis unters Dach erhob, in gleichmäßige Bewegung zu versetzen. Im Halbschlaf nahm ich ein Herumgewühle wahr, aber nach und nach erwachte ich mit einem diffusen Unbehagen, da in mir der Faden des gleichmäßig wiegenden Schlafs gerissen war. Ich sah meine Frau auf dem Bett sitzen, an Haar und Hüften schwach beleuchtet von einer kleinen, staubbedeckten Lampe. Unser Zimmer ist das erste, und man gelangt dorthin über eine Treppe, die an mehreren Stellen rissig und voll von unentzifferbaren Kleckserein ist, mit denen die Feuchtigkeit der kalten Jahreszeiten die Wände überzieht. Es gibt eine Kommode mit wackligen Füßen, einen Spiegel und unser Ehebett, gefüllt, wie es Brauch und Notwendigkeit auf dem Lande ist, mit Stroh oder Gerstenhalmen, die durch eine besondere Behandlung mit Wasser und Sonne weich gemacht und dann gebündelt werden. Es ist ein bißchen hart, ein bißchen uneben durch ein paar Halme, die in der Mitte enden, es knistert ein bißchen unter unseren Körpern, ist aber doch stets ebenso sanft und wohltuend wie das wollene Bett von Don Giovannino, dem Rathausangestellten. Jedenfalls reichte meine Frau ihre strapazierten, aber noch jungen Brüste Giovanni, der gierig an der Brustwarze sog und dessen rotes Gesichtchen sich im schwachen Lichtschein aufheiterte. Kurz darauf hörte ich das Knarren der Wiege, die ihren bauchigen Schatten hin- und herwarf, und die vor Überdruß und Müdigkeit zitternde Stimme meiner Frau.

Meine Frau: Schlaf, schlaaaf und mach' heia heia
wenn du nicht heia machen willst...

Es ist ein Lied, das gleichmäßig ist wie die Gipfel der Berge von Militello und das gedankenlos ständig wiederholt wird. Aber, auch wenn es hin und wieder etwas müde klingt, so kommt das nicht zur Geltung, wenn es nachts kaum hörbar über die in Dunkelheit versunkenen Höfe und die schweren schlaftrunkenen Körper dahinzieht. War ich erst einmal wach, konnte ich nicht wieder einschlafen. Aber wenn ich dem Lauf einer Überlegung folgen wollte, gelang mir das ebensowenig, weil es nicht die richtige Zeit dafür war. Gedankensplitter gingen mir durch den Kopf, doch ich konnte sie nicht festhalten und in eine logische Reihenfolge bringen. Unter allen Gedanken zeigte sich und quälte mich am häufigsten der an meinen Sohn Angelo. Ich konnte nicht begreifen, daß er tot war, während ich, seine Mutter und seine Geschwister noch auf der Welt waren. Außerdem gefiel mir die Stelle nicht, wo er auf dem Friedhof begraben lag: rechts von dem freien Platz in der Mitte, wenn man den steilen Weg mit den spitzen Steinen hinuntergeht, wo die Nattern sich zum Sterben hinbegeben, direkt unter dem ausgedorrten Felsen ohne jede Vegetation, an den sich die Fledermäuse klammern. Wir hatten keine Zeit gehabt, den rauhen Grabstein zu polieren, und er war mit Erde und trockenem Olivenlaub bedeckt, das der Wind von den nahe gelegenen Feldern herübertrug. Daneben, in einer mit einem halb herausgerissenen Gitter verschlossenen Grotte, stand das Beinhaus. Dort wurden die Knochen der Armen aufgehäuft, die kein Geld hatten, sich eine Urne zu leisten. Aber wenn in acht Jahren mein Sohn Angelo ausgegraben wird, soll das gewiß nicht geschehen, und wenn ich das Stück Land verkaufen müßte, das ich auf der Giummarra besitze. Meinem Sohn soll ein Plätzchen in den Reihen der Urnen zuteil werden, die sich gleich am Eingang des Friedhofs befinden. Ich will auf keinen Fall erleben, daß seine Gebeine in jene ungeschützte Grotte kommen, in der ich als Junge die Nachteidechsen wohlgenährt und träge herumschleichen sah. Aber diese Gedanken wurden im Laufe der Stunden immer schwächer und verblaßten zusehends mit den Schlägen der Turmuhr von Santa Maria. Unterdessen erhellte sich der Balkon im Morgengrauen, irgendein einsamer Hahn ließ in den Gassen seinen klangvollen Schrei ertönen. Und an einem dieser schlaflosen Morgende war ich aufgestanden und auf die Piazza hinausgegangen, um dort mit zwei Müßiggängern zu plaudern, die wie ich Arbeit suchten und auf die Olivenernte hofften, denn die fiel in jenem Jahr besonders reichlich und üppig aus. Die Häuser tauchten gerade erst aus der Dämmerung auf, und das frühe Morgenlicht beschien ihre schiefen, verfallenen Formen. Auf der Piazza war es windig, und Ciccio

Greco, Battista, Federico Bellino und Peppi Margarone standen da mit einem Wollschal um den Hals und vor Kälte aufgequollenen Händen. Wir drängten uns hinter der Tür des noch geschlossenen und dunklen Cafés der Benseviti zusammen und redeten ein paar Worte miteinander.

Ciccio Greco: »Wenn die Olivenernte so wird, wie man hofft, werden wir in diesem Jahr nicht arbeitslos bleiben.«

Battista, der von Beruf Schuster war: »Ich habe die Werkstatt schließen müssen. Es gibt viele Schuster, aber nur wenige Bauern, die daran denken, ihre Schuhe flicken zu lassen.«

Peppi Margarone: »Wenn ich in diesen Tagen keine Arbeit finde, gehe ich nach Ramacca oder nach Grammichele. Meine Frau ist seit vier Monaten krank, und die Medizin kostet ein Vermögen.«

Unterdessen war die feiste Gestalt von Don Michele, dem Besitzer der Ölmühle in der Langen Straße, aufgetaucht. Er schnupperte in den aufkommenden Morgenwind und bewegte sich in gleichmäßigem Schaukelschritt offensichtlich auf uns zu.

Wir alle mit heiteren Gesichtern und leichtem Herzen: »Guten Morgen, Don Michele. Wenn Euch die Vorsehung schickt, seid willkommen.«

Don Michele: »He, Jungs, ihr kommt mir wie gerufen.«

Wir alle mit heller Stimme: »Hat die Olivenernte schon begonnen, Patron Michele?«

Don Michele: »Jetzt gibt es Arbeit für alle. Ihr werdet alle beschäftigt. Außer dem Lohn gibt es abends noch Essen.«

Wir folgten ihm in freudigem Stimmengewirr und gingen die Lange Straße hinauf, durch die die Bauern herunterkamen mit ihrem Schultertuch, ihren Eseln und den langen Stöcken, die dazu dienten, die Oliven von den Bäumen abzuschlagen. Wir gingen an meiner Werkstatt vorbei, die dunkel dalag, ohne irgendein Geräusch von Nadeln oder Worten, ich aber war fröhlich und munter wie ein Spatz und erfreute mich an dem Anblick der Morgenröte, die aus einem hellen, diffusen Wolkenhaufen ihr Licht auf die feuchte Rocca-Gasse mit ihren in den Himmel wachsenden Müllhaufen warf. In der halbdunklen Ölmühle von Don Michele gab es mehrere, in einer Reihe aufgestellte Pressen, Mulden, die nach leicht ranzigem, abgestandenem Öl rochen, und im hinteren Teil einen riesigen runden Mühlstein, der aussah, als wolle er uns erdrücken. Die Mühle war ziemlich geräumig, aber noch ruhig, und in ihr wimmelte es von langen Spinnweben, die auf unseren Gesichtern zerrissen, und bräunlichen, äußerst flinken Mäusen, die beim Geräusch unserer Schritte und Stimmen aus den Holzkisten schlüpften, die sich hinter der Tür in beispielloser Unordnung türmten.

Patron Michele: »Seht ihr das große Durcheinander hier überall? Eure Aufgabe ist es jetzt, alles aufzuräumen und sauberzumachen. Die Kisten müssen ganz sauber sein, damit die Oliven hineingeschüttet werden können. Los, Burschen!«

Ciccio Greco, Federico Bellino und ich: »Wenn die Bauern die Oliven bringen, werden sie alles bereit und am rechten Platz finden.«

Die anderen: »An die Arbeit! Es lebe unsere Schutzpatronin Santa Agrippina!«

Leider fällt die Olivenernte in unserer Gegend nicht immer reichlich aus. Es vergehen vier, fünf oder auch sechs Jahre, bis die Bäume wieder voll tragen und es eine neue Welle von Wohlstand für den Ort gibt. Deshalb müssen wir die anderen Winter untätig auf der Piazza und in den in Lehm und Schlamm versinkenden Straßen verbummeln. Der Bauer hat wenigstens die Hoffnung auf die Ernte, wenn auch Frost und Hagel sie letztlich immer zunichte machen, aber wir Handwerker härmen uns ab zwischen schmerzlichem Müßiggang und finstersten Gedanken. Der Wind und die Glocken beherrschen dann Mineo, und beide zermürben uns gleichermaßen. Der Wind steigt aus dem dunklen Nebel der umliegenden Täler und klettert den Hang herauf, um dann in Mineo einzufallen und, über die Dächer pfeifend, die Ziegel herauszureißen, daß sie herunterpurzeln und in den verlassenen Gassen zersplittern. Doch hin und wieder hält er inne in seinem Geheul, das für die Mineolaner klingt wie die Stimmen verdammter Seelen, und ich hätte ein erholsames Gefühl von Ruhe und Frieden, wenn sich nicht das düstere Läuten der Glocken unaufhörlich von den halbverfallenen und einstürzenden Kirchtürmen ausbreiten und den Ort mit Überdruß und Langeweile überschwemmen würde. In jenem Jahr jedenfalls bewahrte die Ölmühle von Patron Michele viele, die nichts zu tun hatten, vor dem Hunger. Wir kamen morgens hin mit schlafgeröteten Lidern und wegen der zunehmenden Kälte mit blaugefrorenen Händen und arbeiteten den ganzen Tag dort. Die Bauern trafen ein mit ihren feucht glänzenden Tieren und leerten die vollen Quersäcke aus. Die Esel und Maultiere wurden draußen auf dem freien Platz vor der Ölmühle angebunden, aber bisweilen, wenn der Andrang groß wurde, füllten sie auch noch den engen, kleinen Capra-Hof mit seinen schiefen Gebäuden, bis zu deren Mauern das Licht nur mit Mühe vordrang. Die Tiere stampften und urinierten, so daß sich dampfende Pfützen bildeten, und manchmal, wenn Stuten darunter waren, versuchten die Esel, sie zu beschnuppern, wobei ihr Glied immer länger und in seiner dunklen Unförmigkeit monströs wurde. Mit ihren Säkken und Quersäcken auf dem Rücken betraten die Bauern die Mühle, und ihre Gesichter waren von Müdigkeit und der kräftezehrenden Arbeit erschöpft.

Die Bauern: »Patron Michele, wo zum Teufel sind meine Kisten abgeblieben? Schickt mir einen von Euren Leuten.«

Die Oliven quollen aus den Säcken und trommelten in die sich zusehends füllenden Kisten. Sie waren glatt und grünlich mit bläulichen Streifen und hatten dünne, vom Saft noch feuchte Stengel. Die Ölmühle war erfüllt vom Duft der Oliven, die von Tag zu Tag mehr wurden und sich überall häuften. Hinten im Halbdunkel lief ein Maultier mit hängenden Ohren und langem Maul um den Mühlstein herum, den es durch einen kräftigen Balken in Bewegung setzte. Ciccio Greco trieb es an mit einer Peitsche in der Hand, die er durch die Luft sausen ließ. Öllampen mit fingerdicken Baumwolldochten waren an den höchsten Punkten oder in kleinen Vertiefungen in den Wänden aufgestellt und gaben Licht.

Ciccio Greco zu dem Maultier: »Lauf, lauf! Schlafen tun nur die Faulen!«

Inzwischen sickerte diffuses Tageslicht herein, das nach hinten hin schwächer wurde und in den Seitenflügeln, die fast bis unter die Erde führten, schließlich ganz erlosch. Ich, Battista und Peppi Margarone waren für die Pressen zuständig. Wir füllten die Weidenkörbe mit Oliven und stießen die vorstehenden Eisenstangen vorwärts. Ich war an diese viehische Arbeit, die einem Arme und Schultern kaputtmachte, nicht gewöhnt und kam die ersten Male völlig erschöpft nach Hause. Meine Frau sagte: »Iß, iß«, und ich tunkte einige Stücke Brot in die Bohnensuppe und ging dann, durchgefroren und todmüde, ins Bett. Manchmal hatte ich Mühe einzuschlafen, und dann störte mich der feine, leichte Rauch des Kohlebeckens, das im zweiten Raum stand, wo meine Frau, meine Schwester Pina und meine Kinder leise sprachen. In solchen Augenblicken dachte ich gern an das Schlafzimmer, das ich mir hätte einrichten wollen, wenn ich Glück und Geld im Leben gehabt hätte.

Phantasie über das Schlafzimmer

Im Pyjama schloß ich die niedrige, kleine Tür, die leicht versenkt in die Wand eingelassen war. Das Zimmer hatte eine rechteckige Form und war bis zum Dach zweieinhalb Meter hoch. Die Ingenieure hatten protestiert und eingewandt, es sei unästhetisch und unhygienisch, doch als ich sagte: »Ich will es aber so«, hatten sie ihre Brillen zurechtgerückt und waren unter Verbeugungen verschwunden. Die Wände waren mit dreißig Zentimeter dickem, dunkelrotem Samt verkleidet, der sich, wenn ich ihn mit der Hand berührte, anfühlte wie die Scham eines zwanzigjährigen Mädchens. Die aufrechten Ingenieure mit den eckigen Schultern bezeichneten mich als »Schwein«, aber ich schob sie mit der Hand beiseite. Mein Zimmer hatte keinen Balkon. Es gab weder ein Bild noch sonst etwas an den Wänden. Mein Bett bestand aus einem Diwan mit ebenfalls rotem Samtbezug und glänzenden Füßen, in denen sich alles spiegelte, was ich dachte. Das einzige Möbel war ein schwarzes Tischchen ohne ein Körnchen Staub, auf dem eine schlanke Vase stand, die nicht, wie alle Vasen sonst, nach oben hin weiter wurde. In der Vase war nichts, nicht einmal eine rote Blume. Wenn ich es wünschte, erschienen Bücher auf dem Tisch. Keinerlei Geräusch drang in mein Zimmer, und wenn man zufällig auch nur einen Grashalm hätte wachsen hören, hätte ich die Ingenieure dazu verurteilt, stehenzubleiben und zusammenzuschrumpfen, bis sie in einen zehn Zentimeter großen Rahmen gepaßt hätten.

Aber solche Phantastereien verloren sich im Schlaf, der mit schweren Flügeln daherkam und mich in eine unbegreifliche Unterwelt hinabstürzte. Zum Glück gewöhnte ich mich an die Arbeit und empfand es als Erleichterung, wenn wir, Battista, Peppi Margarone und ich, zusammen mit all den anderen von Zeit zu Zeit in dem Durcheinander der Ölmühle unseren Schrei ausstießen, um den Stangen der Presse mehr Kraft entgegenzusetzen.

Ich, Battista, Peppi Margarone und die anderen: »Ah!... ah!!«

Das Öl tröpfelte golden aus den Pressen und sammelte sich in auszementierten runden, kleinen Mulden. Federico Bellino, Turi Pitré, Antonio Carcò und andere fingen es in Blechtöpfen auf und gossen es dann in eine große Wanne, wo es langsam und in schöner Farbe umherschwamm. Der schönste Augenblick kam für uns alle, wenn Patron Michele uns abends durch seine Knechte riesige Schüsseln mit Nudeln und Öl und Pfeffer und Käse schickte. Wir setzten uns zu viert um eine Schüssel herum und angelten mit uralten, verbogenen Gabeln im Schein der Öllampen die Spaghetti heraus.

Alle zusammen: »Die Mägde von Patron Michele verstehen sich aufs Nudelnmachen! Als hätten sie sie mit ihren Lippen geformt!« Wir versuchten zu scherzen, aber es gelang uns nie, weil wir schwere Glieder und den Kopf voll von anderen Gedanken hatten, so daß wir oft nicht bei der Sache waren. Unterdessen fing es heftig zu regnen an, und wir hörten es prasseln. Wenn jemand die Tür einen Spaltbreit öffnete, fuhr ein Stoß feuchter Luft zu uns herein und minderte die Wärme in der Mühle.

Wir alle: »Bei der Madonna, mach die Tür zu! Draußen muß ja ein Hundewetter sein!«

Die Glocke von Santa Maria schlug die nächtlichen Stunden, und der Klang drang schwach und düster zu uns herüber wie Totengeläut.

Die Glocke von Santa Maria: »Dong! dong!«

Es schien, als wolle sie gar nicht wieder aufhören, und zusammen mit dem Regen schloß sie Mineo ab von der übrigen Welt.

Battista, jedesmal, wenn er sie hörte: »Verflucht! Ausgerechnet, wenn ich beim Essen bin! Es hört sich an, als ob ein Toter durch die Straßen geistert.«

Und wirklich sah es aus, als seien Tote in den Straßen unterwegs gewesen, wenn wir gegen Mitternacht nach Hause gingen. Der ganze Ort war menschenleer, die wenigen Nachtlaternen verhüllte der Nebel, und wir patschten durch gluckernde Wasserbächlein, die Stroh und Dreck mit sich führten. Mittlerweile wurde die Arbeit immer weniger, und eines Abends gegen Ende Dezember, als der Wind wütend gegen die Tür der Ölmühle schlug und heulend von Dach zu Dach sprang, kam Patron Michele, den Kopf tief im Mantelkragen, und sagte, nachdem er uns mit seinem vergnügten roten Gesicht begrüßt hatte:

Patron Michele: »Jungs, wir bekommen jetzt die letzten Kisten Oliven. Morgen ist die Arbeit für euch alle beendet. Kommt in den nächsten Tagen zu mir, dann wollen wir die Rechnung begleichen.«

Mit dem Geld, das ich in jenem außergewöhnlichen Winter verdient hatte, kaufte ich Schuhe für Peppi, Iana und Antonia und ließ das Dach in ihrem Zimmer ausbessern. Wie alle Dächer in Mineo, außer denen der Adligen und einiger reicher Bauern, war auch unser Dach aus Rohr gemacht, das miteinander verflochten, mit Bindfaden zusammengebunden und mit Gips abgedichtet war, der in winzigen, schmutzigweißen Stalaktiten herunterhing. Es hatte ein übermäßiges Gefälle, so daß wir zum Balkon hin mit den Händen heranreichten. An die Trägerbalken aus rohem, massiven Holz hatten wir zwei inzwischen dunkel gewordene Stöcke gebunden, an denen wir seit vielen Jahren im Herbst die Granatäpfel aufhängten. Die brachte uns der Halbpächter von der Giummarra in einem strohbedeckten Korb oder in einer Kiste, wenn es in einem Jahr viel von diesem Obst gegeben hatte. Die kleinsten und die, die schon reif waren, gaben wir Peppi, Iana, Antonia oder Giovanni, und sie bissen die gelbliche Schale auf, unter der die dichtgedrängten, aber farblosen Kerne einen süßlichen, klebrigen Saft absonderten. Die übrigen hängten wir an die Holzstöcke, und in den Wintermonaten, wenn wir nichts auf dem Brot hatten, betrachteten wir sie, wie sie da hingen mit ihren vertrockneten Blättchen, in einem appetitanregenden glühenden Rot. Aber seit ein paar Jahren ließ das Dach durch mehrere Spalten den Regen eindringen, und die Granatäpfel verfaulten. Der Regen kam unerwartet von den nahen Bergen, tanzte in dumpfem Lärm auf den Dachziegeln und rauschte über die Fenster des Balkons, so daß dieser dunkler wurde und Licht einbüßte. Das Rohr im Dach wurde feucht, die Tropfen zogen sich in die Länge, glänzten und fielen, dicker werdend, in endlosem Tröpfeln auf den Zimmerfußboden.

Die Regentropfen: »Ting, ting, ting.«

Tagsüber dämmten wir dieses Vordringen des Wassers mit Schüsseln, Kochtöpfen und Nachttöpfen ein, die seltsame Geräusche produzierten. Nachts aber sah die Sache anders aus und beunruhigte meine Kinder.

Meine Kinder: »Papa, es regnet!«

Im allgemeinen ist es angenehm, im Bett zu liegen in behaglicher, geduldig von Körper und Atem erzeugter Wärme, wenn es draußen regnet und der Winter seine Kälte verströmt und ausbreitet. Doch solch kleiner Wonnen konnte ich mich fast nie erfreuen, weil ich aufstehen und bibbernd in den Wasserlachen herumpatschen mußte, die sich schon in der Zimmermitte gebildet hatten, wenn wir aufwachten. Ich zündete die Petroleumlampe, die schlecht brennen wollte, mit Mühe an und sorgte, so gut ich konnte, für Abhilfe, zusammen mit Pina und meiner Frau, der die Müdigkeit ins Gesicht geschrieben stand und die Haare aufgelöst über die Schultern hingen. Die Kinder saßen in ihren geflickten und löcherigen Hemden nebeneinander auf dem Bett und zeigten uns mit ausgestreckten Armen die Stellen, wo die Tropfen aufklatschten und sprühend zerstoben.

Meine Kinder: »Da, Papa, da!«

Pina, sich die Augen reibend: »Dieser Fluch des Herrn hat uns heute nacht gerade noch gefehlt!«

Ich: »Wir schwimmen in einem Meer von Wasser. Es ist schlimmer, als wenn wir draußen wären.«

Unterdessen wurde der Regen immer dichter, und wir hörten es am merkwürdigen Trommeln der verschiedenen Gefäße, die überall im Raum aufgestellt waren, um das Wasser aufzufangen. Es schlug Mitternacht vom Turm, und der Glockenton, der durch die Wolken segelte, klopfte, die Regenfäden durchbrechend, an jede Tür des Ortes. Bei dem düsteren Ton bekamen meine Kinder Angst und sprachen in ihrem feuchten Bett leise miteinander.

Meine Kinder: »Das ist die Stimme der bösen Geister, die nachts umgehen.«

Ich weiß nicht warum, aber es gefiel mir, selber Angst zu haben und mich wie ein kleiner Junge zu fühlen und auf die verschiedenen Geräusche zu horchen, die rings um das Haus herum laut wurden. Ich legte eine Hand auf die warme, weiche Hüfte meiner Frau, die ihren ruhigen Schlaf schlief, und fühlte mich durch diese heimliche Berührung, die meine Sinne belebte, wieder gestärkt. Aber allmählich verließ mich der Körper, und ich ließ einer Phantasie ihren Lauf, die mir beim Regen in den Kopf kam.

Ich, Fürst Don Pietro, fuhr in einer stürmischen Nacht des Jahres 1720 in meiner Kutsche voller Kissen und orientalischer Düfte über Land. Durch die Scheiben zeichnete sich die massige Gestalt meines Kutschers Giovanni ab, der auf dem Bock gegen den gewaltigen Regen ankämpfte. Mit dampfenden Nüstern stapften die Pferde eine steile Bergstraße hinauf. Ihre Schellen waren kaum zu hören, ich aber schlummerte, aus dem Fenster ins Dunkel hinausschauend, im Geschaukel der langen, prächtigen Karosse ein.

Als ich erwachte, regnete es in Strömen, und neben mir saß, von geflügelten goldenen Putten umgeben, Madonna Flaumfeder, das schönste Geschöpf jener Zeit, mit einer weißen Perücke. Ich verbeugte mich lächelnd, aber Giovanni, der Kutscher, verwandelte mich mit seiner bösen Zauberkraft in einen Raben, der verfroren durch den Regen flog. In meiner neuen Gestalt stieg ich bis über die Wolken hinauf, auf denen ich wie auf einem dicken grauen Teppich hin und her spazierte. Einige Sterne, wie Kirchenleuchter so groß, glänzten rings um mich her. Mit außerordentlicher Schnelligkeit flog ich senkrecht empor in den kristallklaren Himmel. Unsere Erde vollführte majestätisch, in gleichmäßig langsamem Rhythmus eine Kreisbewegung um sich selbst, wobei sie aussah wie ein massiges Gebirge voll dunkler spitzer Gipfel. Ich konnte sie nicht ganz und gar überblicken und bekam Angst bei dem Gedanken an die Gefahr, in der Madonna Flaumfeder schwebte, wie sie in ihrer Karosse eingeschlossen war, die einen Felsen hinaufkletterte, von dem sie herunterfallen und ins Leere hinabstürzen konnte. Unterdessen wurde ich von einem Luftstrom ergriffen, der sich mit ohrenbetäubendem Donnern um unsere Welt wälzte. Ich spürte einen Druck auf meinen Flügeln, und sie öffneten sich plötzlich zu einem schwindelerregenden Flug. Ich weiß nicht, wie ich in das Eis eines Sterns gelangte. Giovanni hatte sich freigemacht und sich wie eine Spiralfeder zu mir hochgezogen. Während er der Erde, die er nicht mehr als Stütze brauchte, einen Fußtritt gab, daß sie abstürzte und in mehrere Stücke zersprang, brach er in ein krampfhaftes Gelächter aus, das den Stern, auf dem ich festsaß, wie eine Gipskugel erzittern ließ.

Ich weiß nicht, ob ich gut daran tue, die eine oder andere Phantasie aufzuschreiben, wenn ich beim Grübeln den Eindruck habe, daß sie zu mir gehört wie eine verschwommene echte Erinnerung an etwas, das ich in einer fernen märchenhaften Kindheit erlebt habe. Aber kein Mensch ist beim Schreiben immer derselbe, sondern der Faden seiner Geschichte verbindet sich zwangsläufig mit unterschiedlichen äußeren Bedingungen – Geräusche, Hitze oder Kälte –, unterschiedlichen inneren Bedingungen – kleinen Freuden, die er genossen hat, oder Unsicherheiten, die ihn quälten – und schließlich auch mit der Physiologie seiner Organe wie Gedärme, Leber, Blase oder Penis. Außerdem kann ein armer Schneider wie ich gar nicht anders, als sich den seltsamsten und albernsten Chimären zu überlassen, wenn er den Winter über in einer unvorstellbaren Untätigkeit lebt und in einem Elend, das ihn beherrscht und erdrückt, hier, in diesem öden Ort, wo es nur Gassen voller Schlamm und Dreck gibt und verfallende alte Häuser, in denen die Bauern mit Eseln und Hühnern zusammenleben.

Ein paar Worte über die gescheiterte Ehe meiner Schwester Pina

Meine Schwester Pina ist sehr viel älter als ich. Als ich noch klein war, nähte sie mir gern etwas und schrieb, wenn sie die Glucke auf die Eier setzte, auf ein Ei meinen Namen, um mir ein schönes Küken ausbrüten zu lassen. In meiner Erinnerung sehe ich sie lächelnd neben der mit einem Drahtgitter abgedeckten Brutkiste stehen, aus der ein paar Strohhalme hervorguckten und das Seufzen der Glucke zu hören war.

Meine Schwester Pina, umrahmt von ihrer Haarpracht: »Du wirst eine hübsche kleine Henne mit nacktem Hals bekommen. Sie wird ihrem Herrn Eier legen und den Neid der ganzen Nachbarschaft erregen.«

Damals hieß es, sie sei ein schönes Mädchen und würde eine glänzende Partie machen, wenn das Glück meinem Vater und meiner Mutter geholfen hätte, ihr eine reiche Aussteuer zu geben. Eine andere Schwester starb, bevor ich geboren wurde, so daß sie die einzige Tochter war. Aber allerlei Mißgeschick kam dazwischen und vereitelte die Heiratsanträge, die junge Bauernburschen und auch Handwerksmeister ihr machten. Ich werde es nie vergessen, wie Ciccio Incarbone Tag und Nacht um unser Haus schlich, mir die Wangen tätschelte, wenn er mich traf, und mir, mit seinen kräftigen Händen gestikulierend, ins Ohr flüsterte: »Oh, mein Engel, wenn du doch dieses Wunder vollbringen könntest!« Doch ein Jahr später mußte er nach Amerika gehen, um dort Arbeit zu suchen, weil ein Unglück ihn mit seiner ganzen Familie auf die Straße gesetzt hatte. Mein Vater hatte ihm, als er sich mit der Mütze zwischen den Händen und abgezehrtem Gesicht bei uns vorgestellt hatte, eine klare Absage erteilt.

Mein Vater mit erhobener Stimme: »Ich gebe meine Tochter keinem Hungerleider zur Frau. Zwei grüne Äste bringen den Topf nicht zum Kochen. Geh lieber nach Amerika. Vielleicht hilft dir der Herrgott, und du kannst dir dort ein Zuhause schaffen.«

Aber die Jahre vergingen, und auch bei uns sah es schlecht aus. Meine Schwester Pina betrachtete sich nicht mehr als heiratsfähiges Mädchen und wollte keine Zeit mehr damit verschwenden, sich neue Kleider zu nähen und vor dem Spiegel zu stehen, um sich die langen, spröde werdenden Haare zu kämmen.

Sie war schon fest entschlossen, mir in neues Mißgeschick zu folgen und sich in meinem Haus nützlich zu machen, so gut sie konnte. Doch da suchte mich vor fünf Jahren, als meine Schwester vierzig Jahre alt war, in meiner Werkstatt in der Langen Straße Turi, der Lahme, auf, der den Heiratsvermittler spielte und zu überleben versuchte, indem er sich durchschlug, so gut es eben ging. Ich nähte gerade ein Paar Hosen für einen Bauern, und wir hatten den Monat Februar. Luigi war nicht da, und der Wind wirbelte überall aufgesogene Erdklumpen und Abfälle durch die Straßen.

Turi, der Lahme: »Lieber Meister, diesmal werden wir Hochzeit machen. Ich will Trauzeuge sein und die brennende Kerze tragen.«

Ich begriff ungefähr, worum es ging, sagte aber kein Wort, sondern stach weiter meine Nadel in den widerspenstigen, dunklen Stoff und wartete, daß der Vermittler sich erklärte.

Turi, der Lahme, ohne sich durch mein Schweigen einschüchtern zu lassen: »Nichts für ungut, Meister, aber es ist eine gute Familie. Wenn wir die Sache vorsichtig angehen, werden wir alles unter Dach und Fach bringen.«

Ich, kurz und knapp: »Wer ist es?«

Turi, der Lahme: »Ich sage Euch, wir sind auf dem rechten Weg. Wenn Napoleone auch früher ein etwas liederlicher Mensch gewesen ist, jetzt ist er neunundvierzig Jahre alt und hat viele Schäfchen im trockenen.«

Verlegen und rot vor Scham erzählte ich die Sache meiner Schwester, die weder ja noch nein sagte, während sie ihre rauhen, welk gewordenen Hände betrachtete, und ging zu Napoleone, der zusammen mit einer Schwester in Sant' Agrippina wohnte; in einer steinigen kleinen Straße, in die der Wind in Böen hineinfegte und dabei jedesmal Matsch und welke Brombeerblätter aufwirbelte. Kaum hatte ich die Hand auf den Klopfer an der rotgestrichenen Tür mit dem marmorglänzenden Tritt gelegt, begriff ich, daß alles schiefgehen würde. Donna Peppina, seine Schwester, empfing mich in ihrem Zimmer.

Donna Peppina: »Herein, herein. Seid willkommen, und der Herr segne Euch.«

Ihr Bett neben dem Fenster, durch das graues Nachmittagslicht fiel, war aus Schmiedeeisen, mit Öl und Essig blank gerieben und am Kopfende mit einem halbnackten Engel verziert. Der Eingangstür gegenüber stand ein kleiner Altar, geschmückt mit dem Bildnis einer gramgebeugten Heiligen, die ich nicht kannte, verschiedenen Kerzen, die in Blechnäpfen steckten, und einem verblaßten Sträußchen künstlicher Blumen. Mir fiel ein, daß diese Frau eine fanatische Frömmlerin war, die von morgens bis abends in die Kirche und in die Sakristei von Pater Cianci ging, mit dem sie allem Anschein nach unsittliche Beziehungen gehabt hatte.

Donna Peppina: »Mein Bruder ist heute etwas erkältet. Wartet, daß ich Euch ankündige.«

Don Napoleone lag in einem Ehebett, stiernackig und mit einem Bauch so dick und rund, daß er die Decken in einer riesigen Wölbung hochdrückte.

Don Napoleone mit genüßlichem Lächeln: »Immer herein, Meister.« Zwischen seinem Bettgestell und einem Korbsessel hingen an einem quer darüber gelegten Stock Würste, die braun wurden und eintrockneten und einen säuerlichen Geruch nach Schweiß und leicht angefaultem Fleisch ausströmten. Er ließ mich in einem grünen Armsessel Platz nehmen, vor dem ein geblümter Teppich lag, und mir fiel auf, wie wenig das zu den übrigen verstaubten, alten Möbeln und zu dem Boden aus gewöhnlichen Lehmziegeln paßte.

Don Napoleone in arrogantem Ton: »Peppina, bring uns Kekse. Man muß sich den Mund versüßen, bevor man Geschäfte abschließt.«

Das Tablett, auf dem, zugedeckt mit einem bestickten Tuch, harte, wenig schmackhafte Kekse gebracht wurden, wies in den Ecken Spuren von Rost und einige Staubfusseln auf. Don Napoleone saß jetzt aufrecht im Bett, an einen Haufen Kissen gelehnt, und zog sich das Hemd zurecht, unter dem rosige Hängebrüste hervorschauten. Und während ich geduldig an einigen Keksen nagte, schaute ich durch das Balkonfenster auf das trokkene, geborstene Felsgestein der Mura Salemi und auf den Müllhaufen, der in die Höhe wuchs und von einem kalten, über die Berge pfeifenden Wind durchfurcht und umgewälzt wurde.

Donna Peppina, ganz ernst: »Eßt, ohne Euch zu zieren, bald sind wir sowieso verwandt, so die Madonna del Carmine es will.«

Aber alles scheiterte, wie ich es bereits erwartet hatte, weil die Abmachungen, zu denen Don Napoleone gelangen wollte, nicht sehr anständig und für meine Schwester und mich sehr hart waren.

Aber es ist besser, ich komme zum Schluß mit dem mich betreffenden Teil meiner Niederschrift. Ich fühle, daß ich bitter werden würde, wenn ich weiterschriebe, und vielleicht noch wirrer, als ich es bisher schon gewesen bin. Ich bin zweiunddreißig Jahre alt, und es gibt für mich jetzt keinen Ausweg mehr. Ich werde Hunger leiden und die Jahre, die noch kommen, im Elend leben. Ich sollte mit einem Schluß enden, der so schön ist wie in einer richtigen Geschichte, aber das kann ich nicht, wenn ich an mein Schicksal denke und an das Schicksal meiner Schwester Pina.

Hier spricht
meine Schwester Pina

Meine Kindheit und meine Schwester Iana

Mein Bruder glaubt, ich hätte die gleichen Schrullen und wäre noch genauso jung wie er. Doch an Hausarbeit fehlt es nicht, und im Winter gibt es jeden Tag viele, viele Kleinigkeiten zu erledigen. Zum Glück setzen wir uns aber abends um das Kohlenbecken, halten die Hände über die Kohle, die rot glüht und zu Asche zerfällt, und dann macht es Spaß, zu plaudern und etwas zu erzählen. Ich erzähle gern Märchen für meine Nichten und Neffen, die mich gespannt ansehen, während sich mit dem Auf und Ab des Geschehens ihre blassen Stirnen bald verfinstern und bald wieder aufheitern.

Ungern dagegen kehre ich mit meiner Erinnerung in die Vergangenheit zurück, die immer mehr verblaßt. Sie ist wie ein unerfreuliches, geschlossenes Buch, das längst vermodert und vergessen in einer Dachkammer liegt, wo niemand mehr hinkommt. Wer schreibt, glaubt immer noch an das, was er auf dem Papier festhält. Jedes Wort, jeder Gedanke, jedes einzelne Geschehen hat für ihn einen besonderen Wert. Ich habe das fünfundvierzigste Lebensjahr erreicht und weiß, daß alles kommt und geht wie das Fest der Heiligen Agrippina. Und außerdem möchte ich das, was mich schmerzt, für mich behalten und weiß auch gar nicht, ob ich alles der Reihe nach mitteilen und beschreiben könnte. Hinzu kommt noch, daß ich zur Zeit durch die Krankheit meines Neffen Giovanni abgelenkt und in Anspruch genommen bin. Er war so munter, und ich freute mich immer, wenn ich sah, wie er mit seinen krummen Beinen lief und dabei die blassen, mageren Hände hin und her bewegte.

Giovanni: »Tante Pina, Tante Pina, stimmt es, daß ich besser laufen kann als Peppi, und der ist doch schon elf?«

Doch letzten Montag fing er an zu husten, und nachts schien es, als wollte ihm der Brustkorb zerspringen, und seine Ohren und Wangen waren fieberrot. Ich hatte zu meinem Bruder gesagt, es sei besser, den Arzt zu holen, weil es bei Kinderkrankheiten leicht Komplikationen gibt. Aber in diesen Monaten arbeitet er nicht, und dann gerät er bei der geringsten Kleinigkeit in Wut und fängt an zu fluchen.

Mein Bruder: »Wenn wir bei jedem kleinen Husten den Arzt rufen würden, könnten wir bald unser blaues Wunder erleben. Sie verschlingen einem das ganze Haus und richten am Ende doch nichts aus, wie bei Angelo.«

Giovanni nahm von Tag zu Tag mehr die Farbe frisch gepflügter Erde an, und sein Atem pfiff wie der Wind, wenn er in unserem Hof um die Ecke fegt. Der Arzt kam mit einer neuen Krawatte und parfümiertem Haar und steckte dem Jungen einen Löffelstiel in den Hals.

Der Arzt, sehr ernst: »Es ist eine anständige Diphterie. Wenn er kein Serum bekommt, stirbt der Junge.«

Das Schicksal wollte es, daß er sich wieder erholte, und jetzt ißt er schon Gemüsebrühe mit Nudeln drin und macht Scherze mit seinen kleinen Geschwistern.

Giovanni: »Wenn ich wieder gesund werde und nicht sterbe wie Angelo, werde ich euch zeigen, daß ich schneller laufen kann als ihr alle.«

Ein kupferfarbener Haarschopf hängt ihm in die wachsbleiche Stirn, und ein zartes Rosa zeigt sich auf seinen Wangen. Jetzt schlafe ich wieder ruhiger, und wohltuend höre ich in den dunklen Nachtstunden voller Regen und Glockengeläut den Atem meiner Neffen, die neben mir in einem alten Bett schlafen, das einmal meinem Vater gehört hat. Und so habe ich mich entschlossen, meinem Bruder von den vergangenen Zeiten zu erzählen, als es in Mineo noch kein elektrisches Licht und keine Kanalisation gab. Auch er wird sich noch an Don Turiddu Montemagno erinnern, der in einem halbdunklen Loch am Aufgang nach Sant' Agrippina seinen Laden hatte, wo schön aufgereiht die Lentini-Flaschen standen, die das Wasser kühl halten, und das gelbe Tongeschirr und die aus Caltagirone stammenden Nachttöpfe aus Terrakotta. Einmal im Jahr mußte sich jede Familie mit einem Nachtgeschirr ausrüsten, das der eigenen Notdurft diente und unter den Betten versteckt wurde. Meine Kindheit war voll von diesen seltsamen Gefäßen. Ich spielte selten mit Freundinnen auf der Straße. Das ging nur, wenn mein Vater und meine Mutter allein aufs Feld gingen und mich zu Hause ließen. Ich war ein mageres, blasses Mädchen mit schwarzen, im Nacken zusammengehaltenen Haaren. Angelina, die Tochter von Signora Carmela, rief mich, aus dem Schuppen, in dem sie mit ihrer Familie und dem Esel wohnte.

Angelina: »Komm runter, Pina, ich hab' die Puppen schon zum Spielen fertig.«

Sie präsentierte mir zwei spitze, abgeputzte und mit bunten Lumpen bedeckte Steine. Sich selber nahm sie den größeren und wiegte ihn auf den Armen, während sie ein altes Lied sang und sich den Anschein einer besorgten erwachsenen Frau gab. Ich machte es ihr nach, und so verbrachten wir viel Zeit auf dem Tritt vor ihrer Kate, die nach Mist und frischem Holz roch. Zu der Zeit mußte ich die Zimmer mit einem Besen ausfegen, der so groß war, daß er mich behinderte, und außerdem mußte ich Feuer machen, den Topf für die Bohnen aufsetzen und meine Schwester Iana zum Einschlafen bringen, die damals noch klein war und ständig weinte. Mein Vater und meine Mutter kehrten gewöhnlich erst spät vom

Feld heim, müde, mit geschwollenen Händen und eingefallenen Gesichtern. In der zweiten Abendstunde begann dann meine Arbeit mit dem Nachtgeschirr. Es gab den Nachttopf meines Großvaters Peppi, den Nachttopf meiner Tante Berta, und es gab unseren Nachteimer. Das war eine Arbeit, die meistens wir Mädchen erledigten. In graue Tücher gehüllt, kamen wir aus den dunklen Gassen und schlugen wortlos – mit unseren Gefäßen unter dem Arm – den Weg zum Steilhang an der Mauer ein. Dort gab es einen Felsen, mit vielen Huckeln und Kuhlen, wo lauter zum Skelett abgemagerte, ausgehungerte Hunde herumliefen und an heißen Tagen dichte Wolken von Fliegen aufstiegen. Er lief in einen steinigen Hang aus mit einem rötlich schimmernden Teppich, der von niedrigen, vertrockneten Brennesseln überzogen war. In der Luft hing ein gewaltiger Gestank, der in den Nasenlöchern brannte und sich bis zu den letzten Häusern hin bemerkbar machte. Wir Mädchen leerten unsere Nachteimer aus, und die Scheiße floß in kleinen Rinnsalen den Hang hinunter. Zuerst litten wir, wenn wir diese Arbeit tun mußten, aber dann gewöhnten wir uns daran und hatten nichts mehr dagegen. In der Dunkelheit glichen wir einer Vielzahl von seltsamen Kreaturen, die zu diesem Dienst in der Finsternis verdammt waren. Wer aber bei Tage in der sommerlichen Schwüle dort vorbeikam, sah ein gelbliches Meer aus Scheiße sich ausbreiten – in Wellen, die sich kräuselten und eintrockneten. Zum Glück gibt es das alles jetzt nicht mehr, und die Mädchen machen heute reinlichere Arbeiten. Aber meine Kindheit ist damit noch nicht zu Ende, denn ich muß auch noch den Fluß Caldo und die Wäscherinnen erwähnen. Damals war das Wasser knapp, und in den heißen Monaten, wenn die Zisternen austrockneten und auf dem Grund ein breiiger, stinkender Schlamm zurückblieb, der am Eimer festklebte, machte sich das ganze Dorf auf den

Weg nach Nunziata, wo es eine Quelle gab, die aus den Bergen kam. Da sah man Esel, Maultiere, barfüßige Jungen, schmutzige Männer, und alle trugen ihre Krüge, die in den Kisten oder auf den Schultern der Wandernden klingende Töne von sich gaben. Es war ein reges Kommen und Gehen, bis die Sonne die Gipfel der Berge versengte und in staubigem Dunst unterging. Und es herrschte ein ununterbrochenes Gemurmel, in dem sich das Jammern der Kinder, das Stampfen der Tiere und die wenigen Worte vermischten, die die Männer zwischen den gelben Stoppelfeldern miteinander wechselten.

Das allgemeine Gemurmel: »Uh! uh! uh!«

Mein Vater ging zweimal die Woche nach Nunziata mit je zwei Krügen, die wir im zweiten Zimmer neben dem Sack mit dem Getreide übereinander stehen hatten. Meine Mutter und ich durften von dem Wasser nur sparsam Gebrauch machen, und oft mußten wir die Hände oder die gröbsten Sachen zwei oder dreimal in demselben Wasser waschen, das dann dunkel wurde und stank. Wir hätten auch welches von den Fuhrleuten kaufen können, wenn sie mit Krügen durch die Straßen fuhren und mit rauher Stimme riefen:

Die Fuhrleute: »Wasser zu verkaufen! Wer will Wasser kaufen? Wasser zu verkaufen!«

Aber dafür hatten wir kein Geld. Mein Vater verdiente sehr wenig, denn in seiner Jugend bearbeitete er als Tagelöhner bei dem Fürsten auf dem Castelluccio ein sandiges, unfruchtbares Stück Land, das drei Stunden weit entfernt lag. Nur den »alten Kleppern« fehlte es nicht an Wasser, so daß sie sich dreimal am Tag die Hände waschen und alle vierzehn Tage in einer riesigen Wanne aus Terrakotta, in die sie ganz und gar hineinpaßten, ein Bad nehmen konnten. Wenn meine Mutter nicht da war, weil sie tagelang meinem Vater auf dem Castelluccio beim Mähen und Dreschen half, mußte ich mit den Wäscherinnen, die schon tags zuvor in der Nachbarschaft und bei den Handwerkern haufenweise Bettücher, Hemden und Decken eingesammelt hatten, zum Wäschewaschen an den Fluß, den Caldo, hinuntergehen. Sie weckten mich im Morgengrauen, noch bevor das Licht die Mauern weiß färbte, und ich mußte ihnen mit meinem Wäschebündel unter dem Arm den gewundenen Pfad ins Tal hinunterfolgen. Wir begegneten einigen Bauern und kamen an Brombeergestrüpp vorbei, aus dem sich flinke schwarze Nattern davonschlängelten. Der Weg war weit, und ich hätte am liebsten geheult und wäre wieder nach Hause gegangen, aber die Wäscherinnen mit ihren Bündeln auf den staubbedeckten Köpfen riefen mir zu: »Beeil dich, du Schnecke! Nicht einschlafen, sonst wird es zu spät!« Ich hatte Angst, allein zurückzubleiben, und ging schneller über die Felsen, die von Steinen und stacheligen Disteln gelb überzogen waren. Aber das Geräusch des Flüßchens ließ nicht mehr lange auf sich warten und schickte freundlich gluckernd einen Hauch von Kühle, der lindernd über die Wangen strich und mir das Herz vor Freude aufgehen ließ.

Die Stimme des Flüßchens: »Pina, da bin ich. Pina, da bin ich.«

Das Bächlein floß durch steiniges Gelände, in dem ein paar Gräser und einige spärliche Schachtelhalme wuchsen und unter der Sonnenglut dahinwelkten. Es führte nur wenig Wasser, das in kleinen Wellen bis in eine Einbuchtung gelangte und sich dort verlief. Genau an dieser Stelle machten wir halt und schlugen, gebeugt und barfüßig, die Wäschestücke gegen glatte Steine, die die Hände verbrannten. Gegen Mittag breiteten wir die Wäsche auf den umliegenden Felsen aus und suchten dann in einer Grotte Zuflucht, in der Kapernbüsche wuchsen und dicke grünliche Eidechsen umherschlichen oder in tiefdunklen Löchern verschwanden. Die Signora Ciccia,

eine Frau mit breiten Schultern und großen Brüsten, erzählte uns, nachdem sie ihr Essen aus Brot und Zwiebeln verspeist hatte, daß in dieser Grotte Geister hausten.
Signora Ciccia, während sie sich mit dem Handrücken über die Lippen wischte: »Ich habe sie mit eigenen Augen gesehen. Ich war noch jung und erst seit wenigen Jahren verheiratet. An dem Tag hatte es geregnet, und ich mußte warten, bis die Wäsche wieder trocken war. Es war dunkel geworden, kein Bauer kam mehr vorbei, und in den Bergen von Camuti bellte irgendein Hund, als wollte er mir sagen: ›Lauf weg, lauf weg!‹ Ich bekreuzigte mich ununterbrochen, während ich die noch feuchte Wäsche zu einem Bündel zusammenlegte. Auf einmal hörte ich hier in der Höhle süße Geigenklänge und sah ein helles Licht. Ein Geräusch von Tanzschritten drang leise an mein Ohr, und eine sanfte Stimme rief: ›Komm, Ciccia. Komm, hier findest du dein Glück.‹ Mir blieb fast das Herz stehen, und ich lief davon und wollte einen Monat lang nicht mehr zum Fluß hinuntergehen.«

Bei dieser Erzählung fühlte ich, wie es mir kalt den Rücken herunterlief, und ich konnte es kaum erwarten, wieder zu Hause zu sein mit der Lampe auf dem Tisch und meinem Vater und meiner Mutter neben mir. Die arbeiteten zu der Zeit hart auf dem Castelluccio und kehrten erst Ende August endgültig zurück, wenn man umkam vor Hitze und das Fest vor der Tür stand. Sie waren dürr, hatten verbrannte Schultern und brachten ein paar Säcke Korn und einige Kisten Ähren mit, die sie auf dem Hof mit einem dröhnenden Stock klopften, bis die mageren, saftlosen Körner herausfielen. Das Geld (Kupfermünzen mit dem grimmigen, bärtigen Konterfei von Vittorio Emanuele) brachte mein Vater in einem an den Zipfeln zusammengeknoteten roten Taschentuch mit. Meine Mutter zählte es auf der verbrannten Handfläche, küßte es und ließ es klingen.

Meine Mutter, zu mir gewandt: »Dieses Geld wurde mit unserem Schweiß und Blut verdient, mein Kind. Wir müssen es zusammenhalten, denn mehr haben wir nicht.«

Um diese Zeit gab es in Mineo wenig zu tun, und ich wartete auf das Fest der Heiligen Agrippina und sprach oft mit Angelina darüber in der Kühle meines Stalles, wo dicke Pferdefliegen umherflogen und sich auf die Kleider setzten. Das Fest begann mit der Ankunft des Süßwarenhändlers aus Vizzini, der seine Bude mitten auf dem Platz aufbaute und auf dem Tisch rote Zuckerstangen, Kichererbsen-Torrone und Melonenkerne ausbreitete. Ich blieb mit vielen anderen Mädchen zusammen vor der Bude stehen und, angezogen von all den Wunderdingen, von denen wir glänzende Augen bekamen, schlichen wir um sie herum. Heimlich hätten wir gern eine Handvoll Kerne oder ein Stückchen Torrone geklaut, aber ein nur aus Haut und Knochen bestehender Hund bellte uns mit seiner heiseren Stimme an, unter dem Tisch hervor, wo er angebunden war und mit dem Händler und dessen Frau auch schlief. Manchmal kam Pater Terri vorbei, ein alter Priester mit einem großen Buckel, der ihm den Kopf verdeckte, und zog uns die Ohren lang.

Pater Terri: »Ihr kleinen Teufel, warum wollt ihr anderen etwas stehlen? Kommt lieber in die Kirche und betet zum Herrgott!«

Abends, wenn die Kapelle spielte, ganz in Weiß, und die Großen auf die Feuerräder warteten, die Don Giacomo aus Caltagirone auf hohen Pfosten aufstellte, schliefen wir Mädchen auf den Stufen der Stiftskirche mit wegsackenden Händen und einem Stück Brot auf dem Schoß ein. Die jungen Männer mit den Mützen über den Ohren und einem Olivenzweig am Jackenaufschlag zogen uns an den Haaren und stießen uns an, um uns aufzuwecken, wenn die Feuerräder, um eine Achse kreisend, einen tausendfarbigen Funkenregen und beißenden Schwefelqualm versprühten, der die Häuser am Platz zudeckte und einnebelte.

Die jungen Burschen, lachend: »Wacht auf, ihr dummen Trinen! Wozu seid ihr überhaupt auf der Welt? Seht doch mal, wie das Feuer spielt!«

In jenen Jahren war es auch, daß in einer Nacht, in der ein großes Durcheinander und fortwährendes Geschrei in unserem Haus herrschte, mein Bruder geboren wurde. Meine Mutter zeigte ihn mir am nächsten Tag in weißen Windeln, aber er hatte ein feuchtes, rotes Gesichtchen, und ich fand ihn häßlich.

Meine Mutter: »Das ist dein kleines Brüderchen. Siehst du nicht, wie schön er ist?«

Ich wurde sein Kindermädchen, und in der ersten Zeit weinte ich, weil Pietro mir die Hände vollpinkelte und mich daran hinderte, mit Angelina zu spielen. Aber allmählich gewann ich meinen Bruder lieb, der von Tag zu Tag rosiger und runder wurde und mit seinem zahnlosen Mündchen lächelte. An den stickigen Nachmittagen und nachts war ich immer in seiner Nähe, weil ich Angst hatte, daß die *nnonni* ihn mir vertauschen könnten. Diese kommen nämlich in stillen Stunden, wenn niemand da ist und sie unbehelligt über die Mauern klettern und durch die Spalten in Türen und Balkonen in die Häuser von uns Bauern eindringen können. Man bekommt sie nie zu Gesicht, aber sie wechseln gern schöne Kinder gegen häßliche aus und lähmen und erschlagen gern Schlafende. Außerdem hatte ich Angst, weil meinen Vorfahren in den Jahren vorher durch die *nnonni*, die sich in den hohlen Wänden in unseren Häusern verstecken und in der Luft herumgeistern, viel Unheil widerfahren war. Tatsächlich hatte meine Mutter einmal, als sie noch jung war, in einer Nacht, während sie nicht schlafen konnte und sich von drückender Luft umgeben fühlte, aus dem Raum, wo der Herd stand, ein Lachen – hell wie rauschender Regen – gehört. Auch ich habe als Kind in demselben Raum das beharrliche Rufen einer Glucke gehört, und als ich, naiv und nicht ahnend, in welche Gefahr ich womöglich hineinlief, näher herangegangen war, hatte ich lauter kleine Küken mit goldenem Flaum gesehen, die immer mehr zusammenschrumpften und zwischen den Kohlen verschwanden. Sie treten in stets wechselnder Gestalt auf, die *nnonni*, und gegen sie vermögen weder das vom Priester versprengte Weihwasser, noch die verworrenen, dunklen Worte der Frauen, die sich auf Hexerei verstehen, etwas auszurichten. Mein Bruder jedoch wuchs heran, und mit vier Jahren lief er spielend hinter der grauen Katze her, die von einem Stuhl zum anderen sprang, oder ritt auf einem Rohrstock, der über den Fußboden rutschte und dabei rote Spuren auf den Ziegelsteinen hinterließ. Er lachte, und sein rötlicher Haarschopf zitterte, wenn ich ihm mit der Faust kleine Stöße in den Rücken gab und dann einige Finger ausstreckte, damit er raten sollte, wie viele es waren.

Pietro, mit leuchtenden Augen: »Drei! drei!«

Ich, lächelnd: »Nein.«

Und ich wiederholte einen seltsamen Refrain, den wir von Generation zu Generation weitergeben, ohne daß wir genau wissen, was er bedeutet.

Ritornell

E se nautru avissitu dittu
ppi' l'amuri di Chirrichittu,
quantu cucchi e quantu baddi
quantu su li cosicavaddi?

Er hörte gern Märchen, und ich erzählte ihm welche, nachdem ich ihm das vollgekleckerte Lätzchen abgenommen und ihn auf einen Stuhl gesetzt hatte, so daß seine Beine in der Luft baumelten und mit ihren Bewegungen das Interesse und die Gefühle anzeigten, die die Erzählung in ihm auslöste. Am meisten begeisterte ihn das Märchen vom grünen Rößlein, und er wollte es immer und immer wieder erzählt bekommen.

Mein Bruder, die Augen voller Tränen: »Nicht das von dem Zauberer. Ich will das von dem grünen Rößlein.«

Ich küßte ihn auf die blassen, ein wenig mageren Wangen und konnte nicht anders, als ihm seinen Wunsch zu erfüllen.

Das Märchen vom grünen Rößlein

Der Schuster Don Menico lebte zusammen mit seiner Frau und seinen Töchtern in einem kleinen, engen Häuschen am Ende des Dorfes. Die Arbeit war knapp, und Hammer und Leisten ruhten unter dem Tisch, der von einer dicken Staubschicht bedeckt war. Jeden Abend, sobald die Sonne hinter dem Johannisbrotbaum verschwunden war, gingen die drei Töchter von Meister Menico, da sie kein Brot und auch kein Öl für die Lampe hatten, ins Bett und träumten von goldenen Palästen und wunderschönen Kleidern. Unterdessen hatte der Schuster ein Stückchen Land gepachtet, auf dem hoch und grün das Korn stand und unter dem Wind heranreifte. Eines Tages jedoch wurden sie gewahr, daß das Korn immer weniger wurde, daß jemand kam und es ihnen stahl. Zwischen blauen Kohlblättern verborgen, hielt die älteste Tochter Wache. Sie wartete den ganzen Tag, aber dann wurde sie müde und schlief ein, ohne daß sie den Räuber entdeckt hatte. Ebenso erging es der zweiten

Tochter. Maria aber, die jüngste, hörte bei Sonnenuntergang ein Stampfen und erblickte, auf einem Feigenbaum versteckt, ein Rößlein, das ganz und gar grün war und das Getreide fraß. Sie folgte ihm die ganze Nacht und den nächsten Tag durch ausgedörrte Landschaften, in denen es auch nicht eine Spur von Wasser gab, bis sie an eine in völliger Stille gelegene Burg kam. Das Rößlein verschwand, und Maria klopfte an eine schwarze Tür, die sich mit einem leichten Knarren öffnete. Auf den Stufen waren lauter Blutstropfen, die sich langsam bewegten, und die Tochter von Meister Menico fand sich in einem Raum wieder, in dem eine festliche Tafel mit funkelnden Gläsern und prachtvollen Speisen gedeckt war. Schüchtern aß das Mädchen etwas, und da es müde war, schlief es auf dem Stuhl ein. Gegen Mitternacht begann das Schloß von Grund auf zu erzittern wie ein gewaltiger Ton, der am Himmel zerbirst, und es erschien das grüne Rößlein und hinter ihm eine Hexe mit dunklen Augen und zahnlosem Mund.

Die Hexe mit einer schrillen, hohen Stimme: »Wenn du mich heiratest, erlöse ich dich aus der Verzauberung. Sonst aber wirst du verdammt bleiben bis in alle Ewigkeit.«

Doch es stand geschrieben, daß die Hexe sterben müsse, wenn ein schönes und ehrliches Mädchen in das Schloß kommen und an der Tafel speisen würde. Und in der Tat wurde die Hexe, sobald sie Maria erblickte, gelb im Gesicht und begann auf dem Fußboden in Stücke zu zerfallen wie ein zerbrochenes Spielzeug. Das Rößlein wieherte laut und verlor langsam seine grüne Hülle, die auf dem Boden in sich zusammenfiel. Und zum Vorschein kam ein junger Mann mit blondem Haar und einem funkelnden Schwert an der Seite. Er umarmte Maria, und sie brachen auf, um zum Häuschen von Meister Menico zu gehen. Kaum waren sie angekommen, wurde das Dorf, das mit geschlossenen Balkonen und Wolken über den Dächern getrauert hatte, wieder lebendig und erstrahlte in einem Freudenfest ohnegleichen. Neue Mützen auf dem Kopf, folgten die Bauern dem Brautpaar, auf dem Dorfplatz ließen Meister Menico und die anderen Schuhmacher die verschiedensten Instrumente erklingen, und die Sonne tanzte dazu.

Aber jedesmal, wenn ich das Märchen erzählte, spürte ich, daß auch ich mich veränderte und langsam ein junges Mädchen wurde. Meine Mutter wollte mich nicht mehr nach draußen gehen lassen, weil ich vierzehn Jahre alt geworden war und die jungen Männer mich schräg ansahen. Und so blieb mir, wenn ich die Wäsche gewaschen, das Getreide verlesen, die Bohnen ausgeschält oder, je nach Monat, irgendeine andere Arbeit verrichtet hatte, nichts weiter übrig, als meine freie Zeit mit Stricken zu verbringen. Ich setzte mich zu den Frauen auf den Söller und strickte unter dem Geklapper der Nadeln einen Strumpf, der von Stunde zu Stunde mehr Form annahm, bis er schließlich fertig war. Die Nachmittage waren heiß, und in der stehenden Luft schwärmten die Fliegen in kleinen Wölkchen. Gelegentlich starb jemand, und die Glocke von Santa Maria läutete ihr Totenlied, das mich mit Traurigkeit erfüllte und meine Mutter, die Signora Maruzza, die Signora Maranna und die anderen Nachbarinnen verstummen ließ. Ich blickte zum Kirchturm hin, der gedrungen und kalkigweiß dastand, und sah den massigen Schatten der Glocke sich über die Dächer legen und wieder zurückziehen wie die Zunge eines hungrigen Wolfes. Der Abend kam drückend heran, und ich fühlte, wie mir der Schweiß in den Achselhöhlen ausbrach. Und von der Mauerstiege herüber vernahm man das Hufeklappern einiger Esel und den Atem der Männer, die vom Feld heimkehrten. Der Mond erschien über dem dunklen Rand der Berge und blieb lange über dem Horizont stehen, blutig, in einem rötlichen Dunst, der sich nicht auflösen wollte. Bis hin zu uns auf den Balkon leuchtete dieser rote Schein, der die Mauern färbte und mein Haar seltsam tönte.

Signora Maruzza, die Hände vom Rock aufhebend: »Eine böse Farbe hat der Mond heute abend! Daß er uns nur kein Unglück bringt.«

Signora Mena mit finsterer Stimme: »Heute nacht werden die Geister im Ort umgehen.«

Es machte angst, die Frauen so reden zu hören, wie sie da an den kochendheißen Augustabenden aneinander gedrängt auf den durchglühten Söllerstufen saßen. Doch nie werde ich vergessen, wie meine Mutter mir das erste lange Kleid und das Seidentuch kaufte. Don Saro aus Catania kam jeden Samstag nach Mineo und zog mit einem Kasten voll feiner bestickter Stoffbänder, glänzender Fingerhüte, weißem Garn, wunderschöner Kämmchen und Wunderdingen aller Art von Hof zu Hof. Über der Schulter trug er ein Bündel genähter Kleider, die in tausend Farben zu den Herzen der Mädchen sprachen. An jenem Tag war er in unserem Hof stehengeblieben und wischte sich mit einem geflickten Taschentuch die hagere Stirn.

Don Saro: »Frauen, für Eure Töchter habe ich Spulen, Kämmchen, Stickereien und prächtige Kleider. Frauen!«

Meine Mutter hatte den Besen stehenlassen, mit dem sie den Tritt vor unserem Haus fegte, auf dem sich Sand und Dreck ansammelten, und war auf Don Saro zugegangen, der sich keuchend an die rissige, rötliche Hauswand der Signora Concetta gelehnt hatte.

Meine Mutter mit leiser Stimme: »Ich habe eine Tochter, die langsam ein junges Fräulein wird, und ich brauche ein Seidentuch und ein neues Kleid mit Stickereien.«

Verwirrt und aufgeregt steckte ich den Kopf aus dem

Fenster, vor dem ein Blumentopf mit ein bißchen trokkener dunkler Erde stand.

Don Saro wurde munter: »Heute habe ich nichts verkauft, und ich bin bereit, Ihnen alles, was Sie wollen, zu einem ganz niedrigen Preis zu geben. Ich bin hungrig und habe gestern in Scordia zum letzten Mal etwas gegessen.«

Ich sah meine Mutter lächelnd unsere dunkle, alte Treppe herauf- und auf mich zukommen mit dem Seidentuch, das die Hände schon weich machte, wenn man es nur berührte, und mit einem olivgrünen Kleid, auf dem feinste Spitzen und schwärzliche Perlen prangten. Vor Freude weinte ich den ganzen Tag und konnte es kaum noch erwarten, daß das Fest endlich käme, damit ich das Tuch und das Kleid anziehen könnte. Da begriff ich, daß ich jetzt ein junges Fräulein war, und klar und deutlich kamen mir die Worte meiner Mutter in den Sinn:

Meine Mutter, auf die Kommode gestützt: »Mein Kind, dein Vater und ich leben vielleicht nicht mehr lang, und wenn wir sterben, kannst du nicht allein bleiben ohne Brot und ohne Feuer. Aber der Herrgott hat die Ehe geschaffen, damit die Frau, wenn sie dem Mann folgt und ihm dient, zu essen hat und Feuer, um sich zu wärmen.«

Gewiß ist es für uns Frauen nicht schön, warten zu müssen, bis ein Mann uns holen kommt und sich bedienen läßt, aber die Welt ist nun einmal so, und wir können es nicht ändern. Mein Bruder sagte, ich rede wie ein Dummkopf, und es wird die Zeit kommen, wo wir nur noch heiraten, um eine Familie zu gründen, ohne uns um das Geld zu sorgen. Nachdem also Don Saro meiner Mutter das Kleid verkauft hatte, blieb ich lange Zeit vor dem Spiegel stehen und kämmte mir das feuchtglänzende Haar. Auch die Binden mit Menstruationsblut betrachtete ich liebevoll.

Meine Schwester Iana wuchs ebenfalls heran, und

wenn wir uns abends auszogen, um ins Bett zu gehen, besah sie sich gern ihre kleinen Brüste, die gerade erst anfingen, sich zu formen.

Meine Schwester Iana: »Siehst du? Nach und nach werden sie auch schon noch so groß wie deine.«

Aber die Ärmste starb mit dreizehn Jahren an einer schier endlosen Krankheit, von der ihr Haar farblos und stumpf und das kleine Gesicht schmal und durchsichtig wie Seidenpapier wurde. Ich werde nie vergessen, wie viele Versprechen meine Mutter der Heiligen Agrippina machte, damit sie sie gesund werden und nicht so jung sterben ließe. Außerdem feierten wir um diese Zeit auch das Fest der kleinen Jungfrauen mit allen Mädchen aus unserem Hof und vielen aus der Langen Straße. Ich war mit dabei, das Gesicht in das Tuch gehüllt und das Herz düster und schwer. An einem glühendheißen Nachmittag machten wir die gleiche Runde durch den Ort, wie es die Heilige tut. Als wir gerade am Waschhaus ankamen, das einzeln neben der Tränke steht, in der nur wenig grünes, schlammiges Wasser war, fing die Glocke von Santa Maria an zu läuten. Der Ton der Glocken war klagend wie der einer weinenden Mutter und verlor sich in der von Steinen und Hitze gleißenden Straße, die zum Kirchplatz führt. Ich dachte, meine Schwester sei gestorben, mir kamen die Tränen, und mir war zum Weinen zumute. Aber ich schaffte es, mich zusammenzunehmen, während die anderen Mädchen in Zweierreihen mit versengtem Haar und ganz staubigen Beinen das Lied der kleinen Jungfrauen sangen.

Ihre Stimmen waren monoton und einschläfernd und verhallten in der steinigen Straße voller Löcher, die zur Itria hinaufführt und in der die niedrigen, verwitterten Haustüren geschlossen und schweigend der prallen Sonne ausgesetzt waren. Doch die Heilige schenkte unseren Worten und Bitten kein Gehör, und im September passierte das Unglück trotz allem. Ich mußte Schwarz tragen und durfte über ein Jahr lang nicht auf die Straße, weil die Leute sonst bei meinem Anblick gesagt hätten:

Die Leute: »Sie trägt Trauer, weil ihre Schwester gestorben ist.«

Ich hatte kein Bild von Iana, und je mehr die Zeit verging, desto weniger konnte ich sie mir vorstellen, wenn ich an sie dachte. Und ich begriff, daß ich sie allmählich vergaß, und auch die Nachbarinnen im Hof sprachen nicht mehr von ihr. Damals hatte mein Vater ständig Auseinandersetzungen mit meiner Mutter über das Stück Land auf der Giummarra, das er kaufen wollte.

Mein Vater: »Seit zwanzig Jahren arbeite ich jetzt unter der Sonne von Castelluccio, aber ich will mein Geld nicht der Regierung geben.«

Meine Mutter: »Wenn wir es auf die Post bringen, geben sie uns fünf Prozent. Und wenn wir alt sind, haben wir ein Auskommen und brauchen uns keine Sorgen zu machen.«

Mein Vater: »Ich möchte ein Stück Land haben. Das ist dann mein Eigentum, und ich bearbeite es selbst. Und der ganze Ertrag gehört uns.«

Meine Mutter: »Und dann kommt der Frost und macht alles zunichte. Und wir haben weder Korn noch Öl.«

Mein Vater: »Ich weiß, wie man sät, und ich weiß, wie man den Boden bestellt. Der Regierung Geld geben, das tue ich nicht.«

Meine Mutter: »Aber sieh dir doch Don Ciccio an. Der ist in Amerika gewesen und hat alles Geld auf die Post gebracht, und jetzt lebt er von den Zinsen, geht nur noch spazieren und ist immer wie ein Herr gekleidet.«

Doch das Stück Land wurde gekauft. Aber im ersten Jahr verdarb alles, und jeden Abend saß mein Vater da, verzweifelt und stumm, in Gedanken versunken. Ich war inzwischen sechzehn geworden, hatte schöne Augen und hätte gern am Fenster gesessen und den jungen Burschen zugehört, die sich in der Hitze der Gassen unterhielten. Aber ich hatte kein Geld, irgend etwas Neues zu kaufen, und so blieb ich an jenen warmen Abenden drinnen neben meiner Mutter sitzen, die einnickte, während von den abgebrannten Stoppelfeldern beißender Brandgeruch in den Ort heraufzog. Heute denke ich allerdings, daß es damals Mädchen gab, die noch schlimmer dran waren als ich, denn sie mußten ihr Leben auf dem Land unter Eidechsen, Vieh und Hühnern fristen.

Meine Jugend und Pietros erster Anzug

Meine Jugend war die schönste Zeit meines Lebens, und mein Bruder möchte, daß ich ausführlich und in allen Einzelheiten davon erzähle. Aber ich kann das nicht und möchte diese Phase überspringen, denn ich erinnere mich nicht an Lieder, Feste und Trommeln. Wenn man schreibt, muß man von erfreulichen Dingen sprechen und darf sich nicht in Alltäglichkeiten verlieren, die aus Arbeit, Verzweiflung und Müdigkeit bestehen. Ich ging bis zur dritten Klasse in die Schule und erinnere mich, daß die Lehrerin uns Gedichte auswendig lernen ließ, in denen viele Vögel vorkamen, und uns von lauter großartigen Männern erzählte, die gekämpft und die halbe Welt erobert hatten. Ich sehe sie noch heute vor mir, wie sie mit ihrem aschgrauen Haar neben dem zerbrochenen Pult saß und uns mit ihrer etwas krächzenden Stimme unterrichtete. Wir lasen in der Fibel, unser Klassenzimmer war feucht, und wir kleinen Mädchen mußten mühsam nach dem Licht suchen, das durch ein hohes Fenster voller Spinnweben hereinfiel, wo Spinnen herumkrabbelten oder schaukelnd an einem Faden hingen. Als mein Vater sah, daß ich viele Monate des Jahres in der Schule verschwendete, um in einem Heft herumzukritzeln, wollte er nicht mehr, daß ich noch länger hinginge.

Mein Vater: »Für eine Bauerntochter weißt du schon sehr viel! Und lesen und schreiben zu können, ist für uns nicht wichtig. Wir sind keine Adligen, und das Essen bekommen wir durch die Hacke und unserer Hände Arbeit.«

Deshalb machte ich die dritte Klasse, die letzte, nicht zu Ende und fing an, mit meinem Vater und meiner Mutter aufs Feld zu gehen, oder ich blieb zu Hause und putzte oder kochte Bohnen oder selbstgemachte Spaghetti mit Öl. Als ich groß wurde und weiße Hände behalten und keine Sonne auf meinen zarten Hals bekommen wollte, mußte ich also mit auf die Giummarra gehen und meinen Eltern bei den leichteren Arbeiten helfen. Das Getreide und das Öl, das uns dieser Landbesitz einbrachte, reichte nie, und wir mußten immer etwas dazukaufen, mit dem Geld, das wir mit den Mandeln verdienten, dem einzigen wirklichen Reichtum, den wir besaßen. Die Mandelbäume, mehr als zwanzig, standen auf einer kleinen ebenen Fläche auf einem steinigen Boden voller Dornen und Brombeergestrüpp. Wir ernteten sie im August, wenn die kleinen Früchte sich rot färbten und in Mengen zwischen den verdorrten, trockenen Zweigen hingen. Gebückt sammelten meine Mutter und ich die Mandeln auf und füllten die Körbe. In der Stille der Landschaft, die in sengendem Hitzedunst lag, hörten wir das Geräusch der langen Stöcke, mit denen mein Vater auf die Bäume einschlug.

Die Stöcke: »Tack, tack, tack.«

Mittags, wenn uns vor Durst die Kehle brannte, suchten wir Zuflucht in einer Hütte aus Zweigen und trockenem Stroh. Das Wasser in der Flasche war warm und schmeckte nach Sand, aber wir durften nur wenig davon trinken, weil man bis zum Bach zwei Stunden lang durch ein vegetationsloses Tal laufen mußte. Das Brot wurde in der Hitze hart, und man mußte es mit der Spucke aufweichen. Der Brotbelag bestand aus schönen saftigen Zwiebeln, die so süß waren wie die Kekse zum Fest der Heiligen Agrippina. Abends dann, wenn wir bei Sonnenuntergang nach Hause kämen, würde es Spaghetti mit Öl geben, und ich würde viel Wasser trinken. In Mineo schütteten wir die Mandeln auf Säcke im Hof und ließen sie trocknen, um zu verhindern, daß sie schimmelig wurden. In Säcke gefüllt, die ich herausgesucht und geflickt hatte, verkauften wir sie dann an Compare Iaquino, der Ende August kam und mit der Faust an unsere Tür klopfte.

Compare Iaquino: »He, Compare Ignazio, ich komme wegen der Mandeln.«

Ich freute mich, zog ein sauberes Kleid an und hörte gern zu, wenn Compare Iaquino uns die Abenteuer erzählte, die ihm widerfuhren, wenn er mit dem Karren über die entlegensten Dörfer zog bis dorthin, wo die Sonne untergeht.

Compare Iaquino: »Letztes Jahr war in Vittoria ein schlechtes Mandeljahr, und die Händler in Catania wollten fast keine kaufen, weil es, wie sie sagten, keine Nachfrage gäbe.«

Mein Bruder Pietro saß klein und still neben meiner Mutter und sah verwundert Compare Iaquino an, der mit dem Lichtermaß so viel Lärm machte, wenn er die Mandeln einfüllte, die durcheinanderpurzelten und nach Erde und abgebrannten Stoppeln rochen. Im Sommer brachte uns das Stück Land sonst weiter nichts ein – außer ein paar häßlichen verschrumpelten Birnen, die wir für die Hühner zerhackten, und den Feigen. Wir hatten zwei Feigenbäume auf der Giummarra, aber sie konnten zwischen den Steinen und in der glühenden Hitze nicht gedeihen und sahen kläglich aus mit ihren rostfarbenen, staubbedeckten Blättern und den Ameisen, die in langen Reihen die Zweige schwarz überzogen. Die ersten vereinzelten Früchte reiften im Juli, verfaulten aber sofort, weil sie von den Amseln angepickt wurden. Mein Vater fand höchstens die leeren dunklen Schalen, in denen es von Insekten wimmelte. Im September trugen sie zum zweiten Mal, und dann hingen die Feigen grüppchenweise an den saftlosen Zweigen; sie schafften es aber nicht, reif zu werden, und blieben klein, hart und grünlich. Mein Vater brachte sie uns in laubbedeckten Körben, und meine Mutter und ich schnitten sie auf und legten sie auf dunkle, rissige Brettchen. Das Fruchtfleisch war leuchtend rot und voller gelber Kerne und trocknete sofort unter der brennendheißen Sonne, die selbst die Zikaden verstummen ließ. Gewöhnlich fädelten wir die Feigen in wenigen Kränzen auf und legten sie in eine Kiste für den nächsten Winter, wo sie uns dann als süße und begehrte Kost dienten. Ich war inzwischen neunzehn Jahre alt, und es war zur Zeit der Feigenernte, als die Signora Carmela ein Tanzvergnügen auf dem Platz an der Mauer veranstalten wollte, um die Hochzeit ihrer Tochter zu feiern. Die Kate, in der sie wohnte, war eng und dunkel wie ein unterirdischer Stollen und mit Hühnern und Hausrat vollgestopft, weshalb sie dort niemanden empfangen konnte. Gegen Sonnenuntergang kamen die Bauern in ihren mit dem Ruß der Kochtöpfe geschwärzten Schuhen, in Trikotjacken und mit einem Lächeln auf den sonnenverbrannten Gesichtern.

Die Bauern: »Compare Carmela, da sind wir. Laßt uns die Tamburine schlagen, denn wir wollen das Tanzbein schwingen.«

Wir Frauen warteten, von summenden Fliegen umschwärmt, im Schein der untergehenden Sonne, vor der Tür der Compare Carmela. Meine Mutter wollte zuerst nicht, daß ich dort hinginge, weil ich nichts Schönes anzuziehen hatte und weil ich noch jung war und üble Reden hören könnte, wenn die Männer betrunken waren. Vielleicht wäre es tatsächlich besser gewesen, ich wäre zu Hause am Spinnrad geblieben und hätte Ciccio Incarbone gar nicht erst kennengelernt. Die Signora Maruzza trug einen Korb herum voll weißer und noch heißer *calia*, in die die Bauern mit den Händen hineinfaßten und sich ihre Taschentücher füllten, die sie vorsichtig aus ihren Hosentaschen zogen. Auch ich nahm einige von diesen gerösteten Kichererbsen, behielt sie aber in der Hand und konnte sie nicht essen, weil ich die Augen eines jungen Burschen auf mich gerichtet fühlte, und das war Ciccio Incarbone.

Ciccio Incarbone: »Ihr seid die Tochter von Bauer Ignazio?« Ich senkte den Kopf und antwortete nicht.

Ciccio Incarbone: »Compare Carmela gibt ein großes Fest. Kennt Ihr wenigstens die Braut?«

Ich ließ einige Erbsen auf den Boden fallen, zerdrückte sie mit den Füßen und antwortete nicht. Zum Glück kamen die Signora Mena, die Signora Concetta und die Signora Maruzza mit den Tamburinen, die sie trommelnd in der Luft schwenkten.

Alle drei: »Burschen und Mädchen, jetzt wird getanzt!«

Es gab ein wildes Durcheinander, ein paar Hühner schlugen Staub aufwirbelnd mit den Flügeln und verschwanden zwischen den Steinen und Brennesseln an der Mauer, und die Bauern suchten sich ihre Damen und fingen an zu tanzen. Ich konnte nicht gut tanzen und wollte bei den alten Frauen, an der Hauswand im Schutz der Dämmerung bleiben. Aber Ciccio Incarbone kam auf mich zu und sagte: »Tanzt Ihr?« Ich sagte weder ja noch nein, aber fühlte seine Arme auf meinem Rücken und wurde zwischen die Bauern gezogen, die mit den Füßen stampften und dichten Staub aufwirbelten, der sich auf die Haare legte. Ich war verlegen, wußte nicht, wie ich die Füße bewegen sollte und wurde von allen Seiten getreten, so daß Ciccio Incarbone sagte:

Ciccio Incarbone: »Ihr seid scheu und tapsig wie eine junge Stute.«

Dumpf und hölzern klangen die Tamburine unter den Händen der Frauen, die auf der Stufe vor der Tür der

Braut in rasendem Spiel ihre Muskeln schüttelten und im schwindenden Tageslicht immer unsichtbarer wurden. Ciccio Incarbone wollte dauernd mit mir tanzen, und ich konnte nicht nein sagen. Die Frauen aber sahen zu und flüsterten sich lächelnd etwas ins Ohr. Ich spürte seinen heißen Atem an meinem Hals, und zum ersten Mal in meinem Leben empfand ich ein Wonnegefühl, das in den Brüsten entstand und bis in den Unterleib bebte. Mein Bruder Pietro schrie mit anderen Jungen zusammen zwischen den Bauern herum und betrachtete ihre großen Füße, die in dunklem Wirrwarr hin und her tanzten. In einem Augenblick, als der Lärm die ganze Straße erfüllte und die Fledermäuse, die zwischen den Dächern umherflogen, erschreckte, sagte Ciccio Incarbone mit keuchender Stimme: »Seid morgen abend um diese Zeit am Fenster, dann werde ich Euch einen Brief hochwerfen.« Ich glaubte es nicht, aber es stimmte, und ich sah ihn, wie er mit leichtem, auf den Steinen hallendem Schritt bei den letzten Häusern an der Mauer auftauchte. Ich bekam Angst und wollte mich zurückziehen, aber meine Mutter schlief, und auf der Straße saß nur die Signora Mena, die unter den länger werdenden Schatten auf der Stufe vor ihrer Hütte eingeschlafen war.

Er: »Pss! Pss!«

Ich blieb still und fühlte mein Herz laut klopfen. Ciccio konnte nicht gut sehen, weil es dunkel war und dunstig vor Hitze.

Ciccio: »He! Bist du da?«

Ich hustete und streckte eine Hand hinaus, mit der ich ein zusammengefaltetes Blatt Papier auffing, das leicht, wie von einem Windhauch getragen, hineinfiel.

Ciccio, leise sprechend: »He! Hast du es erwischt?«

Ich zitterte wie eine Henne im Brutfieber und hauchte ein leises »Ja«, das sich sogleich in den Haaren von Ciccio Incarbone verlor.

Er, weiter leise sprechend: »Ich bleibe noch hier und rede ein bißchen mit dir.«

Ich, weiter zitternd: »Nein, geh. Meine Mutter kann aufwachen, und außerdem kommen bald die Geister heraus und können dir etwas Böses antun.«

Ich hielt den Brief fest in der schwitzenden Hand und blieb über eine Stunde still am Fenster sitzen, wartend, daß der Mond hinter den Bergen hervorkäme. Aber niedrige finstere Wolken segelten über dem Rand der Berge dahin, und in der dunklen Talebene erloschen die Lichter, die die Bauern auf den Tennen und zwischen den Weinstöcken brennen ließen. An jenem Abend konnte ich ihn nicht mehr lesen, diesen Brief, den ich noch immer aufbewahre als einziges Zeugnis meiner fernen Jugend, die jetzt nur noch aus flüchtigen, völlig unbedeutenden Erinnerungen besteht.

Als mein Vater erfuhr, daß ich Ciccio Incarbone wollte, wurde er wütend, fluchte und wollte zwei Tage lang nicht mehr mit mir reden.

Eines Abends dann, als er mit Bohnen in den Quersäcken vom Feld heimgekehrt war, und nachdem er die Spaghetti und den Lattich gegessen hatte, kam er zu mir und begann zu sprechen.

Mein Vater mit leiser Stimme: »Hör zu, Pina, du bist jetzt groß und kannst bestimmte Dinge begreifen.«

Ich antwortete nicht, und auch meine Mutter saß still da, mit angehaltenem Atem, die Hände auf dem Schoß von der Lampe beschienen.

Mein Vater weiter: »Du bist arm, und auch wenn wir dir die Giummarra hinterlassen, hast du nicht einmal genug Brot, um satt zu werden.«

Ich begriff nicht, wovon die Rede war, aber mein Vater wurde sogleich deutlicher.

Mein Vater: »Don Natalino, der Barbier, hat mit mir über dich gesprochen. Schließlich ist er noch nicht älter als fünfundvierzig Jahre und steht sich gut mit dem Geld, das er durch den Salon verdient, und mit dem Getreide, das er auf seinem Landbesitz erntet.«

Im Geiste sah ich die gedrungene Gestalt Don Natalinos mit den graumelierten Haaren und der dicken rotgeäderten Nase vor mir. Meine Mutter sah, was für ein Gesicht ich machte, räusperte sich und sagte:

Meine Mutter: »Denk mal daran, Pina, daß es dann auch uns bessergehen würde. Dein Vater brauchte nicht mehr zu arbeiten und könnte leben wie ein Herr.«

Wenn man merkt, daß auch die Eltern einen nicht verstehen und einen zu etwas zwingen wollen, fühlt man sich ganz verloren und weiß nicht mehr, welches der rechte Weg ist. Ich dachte an Ciccio Incarbone. Es schnürte mir die Kehle zu, und ich schluchzte wie ein kleines Kind. Alles war vorüber, und mein Vater sprach nicht mehr davon, aber ich konnte in der Nacht nicht schlafen und hörte die Hunde im Dunkeln bellen und die Schläge der Mitternachtsglocke langsam und dumpf über die Höfe und gegen die Scheiben meiner Balkontür fallen. Wenn ich heute, nach so langen Jahren und so viel Trauer, daran zurückdenke, erkenne ich, daß mein Vater und meine Mutter recht hatten. Aber damals war ich zwanzig Jahre alt und hörte nur die Stimme meines Herzens. Jetzt ist Don Natalino tot, und wenn ich ihn geheiratet hätte, hätte er alles mir hinterlassen, und ich hätte meinem Bruder Pietro helfen können und seinen Kindern, die es schwer haben und ohne ausreichende Nahrung blaß heranwachsen. In jenem Sommer merkte ich, daß ich allein bleiben würde, und erlebte, wie Ciccio Incarbone mit einem Bündel auf dem Rücken und ohne Hoffnung auf Heimkehr nach Amerika abreiste, um dort sein Glück zu versuchen. Der Ärmste wollte zu uns nach Hause kommen, um sich zu verabschieden und mir ein letztes Wort zu sagen, aber mein Vater behandelte ihn schlecht und wollte nicht einmal erlauben, daß er sich meiner Mutter vorstellte. Ich sah ihn den Weg an der Mauer über den Abhang voller Scherben von zerbrochenen Krügen und Dreck, wie ihn jeder dort hinterließ, hinuntergehen, ohne irgend jemanden, der ihn begleitete, im geflickten Hemd und die heiße Sonne auf dem Kopf. Der Zug kam nachmittags durch die Bahnstation, die zwei Stunden von Mineo entfernt bei Callari in einer Ebene lag, in der sich die Stoppeln krümmten und in der die stachligen Disteln dörrten. Ich konnte nicht weinen, als Ciccio hinter der Anhöhe von San Giuseppe verschwunden und in der Ferne immer kleiner geworden war wie eine Schwalbe, die über einem tiefliegenden Gelände unter brütender Hitze dahinsegelt. Ich erinnere mich, daß ich mich in den ersten Tagen nicht auf den Balkon setzen und mit den Nachbarinnen plaudern und auch nicht den hitzetrüben Sonnenuntergang über den Bergen von Militello sehen wollte. Ich blieb drinnen und ging sofort mit den Meinen zu Bett, sobald die Glocke die zweite Abendstunde schlug und die Gassen und Dächer sich mit Finsternis füllten. Ich führte gern Selbstgespräche und erforschte mich mit allen Sinnen. So ergeht es stets denen, die allein bleiben und keine rechte Ansprache finden können und dann spüren, wie sie böse werden. Unser Körper hat so viele unbekannte Stellen, von denen aus sich, wenn man sie erforscht und reizt, neue Bereiche von Lust erschließen lassen, welche dann ausstrahlt und die wahren Schmerzen einkapselt, so daß sie nur noch mit kleiner Flamme im Herzen weiterschwelen. Die Hitze war groß, damals, sie knallte vom Himmel herab und sikkerte durch die Dachziegel in unsere Zimmer und Hütten, aber ich deckte mich, sobald ich im Bett war, mit dem groben Leintuch zu. Regungslos blieb ich liegen und fühlte mich klein und verloren in diesem einsamen Ort mit all den Felsabstürzen und abgemagerten Eidechsen.

Bei uns zu Hause gab es in diesen Monaten wenig zu tun, und ich mußte tagsüber herumsitzen und zusehen, wie meine Mutter älter wurde und sich über Schmerzen in den Beinen und Handgelenken beklagte. Mein Bruder Pietro wurde von Tag zu Tag größer, hatte aber immer noch eingefallene Wangen und staubige, zerrissene Schuhe, weil er mit seinen Gefährten durch die Viertel von Mineo streifte und durch die Feigenkakteen, die in Fuoriporta, von rötlichem Sand und Dornen bedeckt, immer weiter in die Höhe wuchsen.

Eines Mittags, als wir die Bohnen und Zwiebeln aufgegessen hatten und ich mit einem Lappen die Fliegen zu verscheuchen suchte, die sich in Scharen auf den Wänden niederließen, sprach mein Vater und entschied das Schicksal für Pietro, der mit seinem schwarzen Haarschopf über der Stirn und seinen von der Suppe fettigen Lippen noch am Tisch saß.

Mein Vater: »Der Junge kann jetzt nicht mehr länger auf der Straße herumspielen, während seine Altersgenossen schon bei einem Meister in der Lehre sind und ein Handwerk lernen.«

Meine Mutter schüttelte den Kopf mit den allmählich weiß werdenden Haaren und sagte, während sie sich den Schweiß abwischte, der ihr den Nacken hinunterperlte:

Meine Mutter: »Du hast recht. Aber der Weg, scheint mir, ist doch schon vorgezeichnet. Wenn wir sterben, bleibt ihm die Giummarra, die er mit seinen jungen Händen bearbeiten und bestellen wird. Warum fängst du nicht an, ihn mit aufs Feld zu nehmen?«

Mein Vater, ärgerlich: »Niemals wird es dazu kommen! Ich weiß, was es heißt, Bauer zu sein: Steine umbrechen, Wasser, Brot und Elend.«

Meine Mutter: »Du willst einen Handwerksmeister aus ihm machen?... Ignazio, du fängst an, überheblich zu werden. Es gibt nur eins: Ein Bauer ist und bleibt ein Bauer. So steht es im Evangelium geschrieben.«

Mein Vater, leicht wütend: »Das Evangelium in meinem Haus bestimme ich. Mein Sohn wird Handwerksmeister, und auf die Giummarra bekommt er, wenn wir sterben, einen Halbpächter, der ihm die Körbe mit Früchten ins Haus bringt und zu ihm sagt: ›Grüß Gott, Meister! Ich bringe dem gnädigen Herrn die Früchte des Feldes‹.«

So wurde beschlossen, daß Pietro zu einem Schneider gehen sollte, und ausgesucht wurde Don Cecé. Der war auch einverstanden und wollte, daß der Junge jeden Morgen in seine Werkstatt in einer Gasse am Kastell kommen sollte, wo es viele Pfützen gab und Hühner, die flügelschlagend Staub aufwirbelten und sich zwischen den gelben Steinen einscharrten. Ich weckte Pietro, sobald das Tageslicht den Balkon weiß färbte, zog ihn sorgfältig an und kämmte ihm die Haare, die ihm wirr in die noch ganz traumverlorenen Augen hingen. In eine Serviette wickelte ich ihm einige Scheiben Brot ein, eine Zwiebel und ein paar getrocknete Feigen, da der Junge erst abends beim Dunkelwerden wieder nach Hause kommen würde. Er kam müde, mit eingefallenem Gesicht, den Anzug voller Kohlenstaub und weißer Zwirnsfäden, und hatte keine Lust zu reden. Don Cecé, der Schneider, ließ ihn den ganzen Tag arbeiten. Er mußte die Werkstatt auskehren, das Bügeleisen anheizen, die überflüssigen Fäden aus den Kleidungsstücken ziehen, von einem Haus zum andern laufen, um Stoff abzuholen oder den verschiedenen Kunden dies und jenes auszurichten. Ich wollte nicht, daß er so viel arbeitete und ohne das nötige Essen so blaß im Gesicht wurde, aber mein Vater war nicht zu überzeugen.

Mein Vater: »Seine Gefährten arbeiten schon bei Sonne und Regen auf den Feldern und bringen der Familie etwas ein. Er ist jetzt zwölf Jahre alt, und immer noch muß ich vom Wasser bis zum Salz für alles aufkommen! In einigen Jahren muß er sich sein Brot selbst verdienen und wird ein allseits geachteter Meister sein.«

Meine Mutter wurde von Tag zu Tag krummer und gelb und dürr im Gesicht wie ein abgestorbenes Weinblatt und murmelte bei solchen Diskussionen immer die gleichen Sätze.

Meine Mutter mit klagender Stimme: »Bei diesem Floh, den du dir ins Ohr gesetzt hast, wird dein Sohn es nie zu etwas bringen, und wenn er krank wird, wird er uns im Alter ein Kreuz sein.«

Aber Pietro war sehr aufgeweckt und lernte das Handwerk schnell und mit Freude, so daß eines Abends im Winter in der zweiten Abendstunde, als wir gerade zu Bett gehen wollten und die Lichtzunge der Petroleumlampe immer kleiner wurde, Don Cecé, der Schneider, an die Tür klopfte.

Don Cecé, klopfend: »Tock, tock.«

Mein Vater mit schläfriger Stimme: »Wer ist da?«

Don Cecé: »Gut Freund.«

Es war jedesmal ein großes Ereignis, wenn jemand kam und mit ein wenig zwanglosem Geplauder die Eintönigkeit unseres Hauses etwas auflockerte. An jenem Abend fühlte ich, wie mir eine Welle der Freude über den Rücken lief, und hastig ordnete ich mein stumpfes Haar, das nach Kohlenstaub und Mief roch.

Don Cecé, eine Welle frischer Luft um sich verbreitend: »Entschuldigt, Bauer Ignazio, wenn ich zu so später Stunde störe.«

Mein Vater mit erfreutem Gesicht: »Aber was redet Ihr, Meister! Es steht ganz in des gnädigen Herrn Belieben, wann immer Ihr wollt, in mein Haus zu kommen.«

Don Cecé: »Ich wollte Euch sagen, daß Euer Sohn ein Goldjunge ist. Er lernt das Handwerk von Tag zu Tag besser, und Ihr werdet sehen, in einigen Jahren wird er den Meister überflügeln. Schade, daß der Junge nicht nach Catania auf eine Schneiderschule gehen kann! Er hat goldene Hände!«

Das Gesicht meiner Mutter hellte sich auf, und sie schien jünger geworden, als sie ihren Blick dem lächelnden Gesicht meines Vaters zuwandte. Pietro war nicht da; er schlief im anderen Zimmer, in dem das gedehnte Klagegeheul des Windes zu hören war, der vom Mauerhang herkam.

Meine Mutter mit volltönender Stimme: »Meister, wir danken Euch vielmals für Eure Worte, aber wir sind keine reichen Leute und können Euch keinen Kaffee anbieten.«

Mein Vater mit entschiedenem Tonfall: »Die ersten Wintermispeln, die wir auf der Giummarra ernten werden, bekommt der Meister, denn er hat sie verdient.«

Don Cecé war gegangen und hatte eine veränderte Atmosphäre hinterlassen. Ich hatte ihn zur Tür begleitet mit der Lampe, die ein mattes, schwankendes Licht auf den Matsch in unserer friedhofsstillen Gasse warf. Meine Mutter, mein Vater und ich hatten bis halb zehn weitergeplaudert und mit vagem Wohlbehagen gehört, wie der Regen laut auf das Rohrdach unseres Hauses und gegen die Balkonfenster prasselte, allenfalls durch einen gelegentlichen Windstoß gedämpft, der in unserem Hof von einem Dach zum andern sprang.

Es war eine Freude für uns alle, als Pietro mit noch nicht ganz vierzehn Jahren meinem Vater den ersten Anzug nähte. In der Karwoche war es, und auf den Hügeln um Mineo grünte schon das Getreide. Weiße Wolken zogen über den Ort und schillerten in tausend Farben, und wir Frauen redeten von Fenster zu Fenster über die Dächer hinweg von dem bevorstehenden Fest. Mein Vater hatte sich bei einem Fremden, der mit einem Karren gekommen war und die Ware auf dem Marktplatz preiswert verkauft hatte, einen guten, widerstandsfähigen Cordsamt gekauft, wie ihn die Schäfer verwenden.

Mein Vater: »Wenn ihr sehen würdet, wie viele Bauern auf dem Platz sind! Neue Schultertücher und blankgeputzte Schuhe! Man hat den Eindruck, das Fest ist schon da. Es wird geredet und geschwätzt, und auch die Tauben fliegen um den Turm der Stiftskirche herum.«

Auch ich freute mich, und mir war, als sähe ich den großen Platz vor mir, glänzend vom letzten Regen, mit all den vielen Männern, die miteinander redeten. Aber wir Frauen dürfen nicht hinausgehen, außer an den Festtagen, wenn das ganze Dorf draußen ist, um die Heiligen auf den Straßen zu sehen und die Papierballons, die wie rote Punkte in den Wolken verschwinden. Mein Vater war an jenem Tag heiter und sah jünger aus mit seiner neuen Mütze und dem frisch rasierten Kinn, aber sobald er erfuhr, daß Don Cecé seinen Anzug von Pietro nähen lassen wollte, regte er sich auf.

Mein Vater: »Aber Don Cecé, Sie machen wohl Witze! Glauben Sie vielleicht, ich bin ein reicher Mann, der mit dem Geld um sich werfen kann! Mein Sohn ist noch ein Kind, und wenn er mir den Anzug ruiniert, muß ich wieder zehn Jahre warten, bis ich mir einen neuen machen lassen kann!«

Er zögerte, wollte sich nicht überzeugen lassen, doch Don Cecé beruhigte ihn mit freundlichen, aber bestimmten Worten. Und er traute seinen Augen nicht, als Pietro am Gründonnerstag mit dem fast fertigen Anzug ankam – einem Anzug mit breiten Taschen nach Jägerart – und ihn, auf einen Stuhl steigend (denn er war noch klein von Gestalt), seinem Vater anprobierte. Dem verschlug es die Sprache, und er hörte nicht auf, sich von allen Seiten im Spiegel zu betrachten, der zu diesem Zweck vom Nagel über der Kommode im ersten Zimmer heruntergenommen worden war.

Mein Vater: »Donnerwetter! Damit habe ich wirklich nicht gerechnet! Ich dachte, Bauernsöhne wären schwerer von Begriff. Jetzt wirst du also tatsächlich ein Meister werden, und das ›Gnädiger Herr‹ wird dir keiner mehr streitig machen.«

Meine Mutter lächelte, und das wechselnde Licht des Himmels, an dem die Wolken wanderten, warf seinen Widerschein auf ihren abgemagerten Körper. Mein Vater sprach tagelang mit seinen Freunden über nichts anderes. Noch heute, wo er tot ist und neben meiner Mutter auf dem Friedhof unter einem trockenen Felsen, über den der Wind bläst, begraben liegt, sehe ich ihn vor mir mit seinen breiten, etwas gebeugten Schultern, wie er am Karfreitag, abends, als wir der Prozession des toten Christus über die Treppe von San Pietro folgten, zu einem Bauern sagte:

Mein Vater mit einer Handbewegung: »Lieber Freund, die Söhne der Bauern sind begabter als alle Adligen auf der Welt.«

Es war so kalt, daß einem das Gesicht erstarrte, und um uns her hatte sich der Abend niedergesenkt mit den vielen brennenden Fackeln der »Laienbrüder« und der von einer Trompete gespielten Totenklage, die beängstigend durch die engen Gassen schallte, wo sich mit gesenkten Köpfen die Bauern drängten. Mein Vater sprach mit lauter Stimme und hatte vergessen, daß der Leichnam Christi, von kleinen Wachskerzen beleuchtet, die ihn grünlich und dunkel erscheinen ließen, ganz in der Nähe in einem gläsernen Sarg lag.

Mein Vater: »Compare, ich sage Euch, sobald die Bauern erwachen, werden die ›alten Klepper‹ nicht mehr wissen, wo sie sich verstecken sollen.«

Von da an wurde mein Bruder bei vielen Bauern bekannt, die ihn, um ein bißchen Geld zu sparen, zu Hause aufsuchten, wenn sie sich Hosen oder sonst etwas schneidern lassen wollten. Don Cecé erfuhr davon und freute sich darüber. Allerdings kam er gelegentlich am Samstagnachmittag langsamen, gemessenen Schrittes den steinigen Weg an der Mauer herunter, wo die Hühner im neuen Gefieder in den Bodenspalten nach jungen Gräsern suchten, und rief meine Mutter.

Don Cecé: »Signora Maria Sciré!«

Meine Mutter hörte die Stimme und zeigte sich in der verräucherten Fensteröffnung.

Meine Mutter: »Grüß Gott, Don Cecé.«

Neugierig geworden, schaute auch ich aus dem Fenster, das die schmalen Schultern meiner Mutter nicht ganz ausfüllten, sah Don Cecé mit derben Schuhen und einem alten schwarzen Schirm, der ihm in jenen wechselhaften Frühlingsmonaten gegen Sonne und Regen diente.

Don Cecé, einen Arm ausstreckend: »Ich habe es Euch ja gesagt, daß Ihr einen Goldjungen habt! Aber werdet nicht überheblich und schickt ihn weiter zu mir, denn er muß noch mehr lernen, um ein perfekter Schneider zu werden.«

Und lächelnd ging er weiter in Richtung Nunziata, wo er ein kleines Gut besaß mit Mandelbäumen, die bereits grünliche und bittere Früchte trugen, wie sie seine kranke Frau, Donna Peppina, die arme Seele, so gern mochte.

Don Cecé: »Auf Wiedersehen, Signora Maria. Ich gehe grüne Mandeln pflücken für Donna Peppina. Grüßen Sie mir Bauer Ignazio.«

Mittlerweile war Pietro fünfzehn Jahre alt geworden und arbeitete sogar nachts, um ein bißchen Geld zu verdienen und meinem Vater die ständig steigenden Steuern bezahlen zu helfen. Auch das Häuschen auf der Giummarra mußte instand gesetzt werden, da es überall durchregnete und das Dach undicht geworden und eingesunken war. Abends zog er sich zeitig zurück, sobald man das Avemaria vom nahen Turm geläutet hatte und die Felder rings um Mineo feucht und dunkel wurden und ein leichter, eisiger Wind darüberhinstrich. Er aß mit uns Spaghetti und Öl und ein bißchen Salat und wurde von Tag zu Tag schweigsamer, als wäre er zwanzig und schon ein erwachsener Mann. Er hatte noch jungenhaft dichtes Haar und eine gleichbleibende Blässe, wie wenn er all die Jahre in einem Schuppen eingesperrt gewesen wäre, in den niemals die Sonne hineinschien. Mein Vater sprach mit ihm wie mit einem erwachsenen Sohn, und wenn er nach dem Abendessen die heruntergebrannte Glut im Kohlebecken zu einem einzigen spitzigen Häuflein zusammenschaufelte, zitierte er ihm ein paar Worte oder Sätze, wie sie schon die Alten in grauer Vorzeit gesagt hatten.

Mein Vater mit ernstem Blick: »Hör, mein Junge! Ich habe mit neun Jahren angefangen zu arbeiten und meinem Vater und meinem Großvater auf den Hängen der Coste geholfen, eine Gegend, die nur aus Bergen und Räubern besteht. Wenn du arbeitest, tust du es auch für dich. Leg dir etwas auf die hohe Kante, und in ein paar Jahren verkaufe ich die gesamte Ernte von der Giummarra und kaufe dir eine Werkstatt, in der du allein arbeiten kannst. Du mußt wissen, daß wir keine reichen Leute sind, und die wahren Freunde, die wahren Verwandten sind die paar Silbermünzen, die wir sparen können.«

Pietro arbeitete weiter in der kleinen Küche, wo die letzten Holzscheite zerfielen und rötliche Lichtreflexe auf die verrußte, rissige Wand warfen. Auf einen Tisch (der meiner Großmutter Saridda gehörte und längst alle Farbe verloren hatte) legte er mehrere Zeitungen nebeneinander, die so dicht bedruckt waren, daß einen schon der bloße Anblick ermüdete – ein Geschenk von Don Cecé –, und darüber breitete er den Stoff aus, die große Schere, so spitz wie ein Krähenschnabel, und das weiße

Garn. Ich half ihm bei der Kleinarbeit und saß bis spät in die Nacht neben ihm und schnitt die Knopflöcher in die Hosen oder machte einfache Stiche in den Stoff, der lautlos durch die Hände glitt. Mein Bruder zeichnete mit roter und weißer Kreide Linien auf den Trikotstoff der Bauern, und noch heute habe ich das Geräusch der Schere in den Ohren, ein fortwährend holpriges, metallenes Klappern. Auch meine Mutter, die Ärmste, wollte etwas tun, aber sie war müde vom Tag auf dem Feld und konnte die Augen nicht mehr offenhalten, die durch Traurigkeit und vorzeitiges Altern schon trüb zu werden begannen.

Ich: »Geht zu Bett. Was wollt Ihr hier noch? Ihr seht doch, daß ich da bin und Pietro helfe.«

Meine Mutter mit einer Stimme wie von weit her: »Du hast recht, mein Kind. Mir fließt das Blut nicht mehr so schnell wie früher in den Adern.«

Und sie ging still in das andere Zimmer, wo der Widerschein des Lichts lauter Schatten warf. Manchmal blieben Pietro und ich bis spät in die Nacht auf. Ich spürte, wie meine Arme gefühllos und die Beine in den langen Baumwollstrümpfen schwer und kalt wurden. Aber ich hatte eine stille Freude im Herzen, weil ich glaubte, durch die zusätzliche Arbeit meines Bruders würden wir bald unsere Lebensbedingungen verbessern und ein großes Gut mit einem schönen Obstgarten und vielen Olivenbäumen kaufen können – und ein neues Haus ohne Rohrdach, durch das in stürmischen Nächten der Regen tropft. Aber viele Jahre sind seitdem vergangen. Ich habe inzwischen so viele graue Haare und Runzeln im Gesicht, wie damals meine Mutter, Pietro hat geheiratet und eine große Familie bekommen, und ich habe jetzt Angst, daß wir von einem Tag auf den andern das alte Haus verkaufen müssen und nackt und bloß auf der Straße sitzen. Auch mein Bruder wird mager und scheint mit seinen eingefallenen Wangen und ohne das Lächeln, das er damals in den Augen hatte, zusehends älter zu werden. Aber man darf niemals verzweifeln, und das sage ich auch Pietro immer, denn das Leben von uns armen Leuten ist nun einmal so und besteht aus Leid und Tränen und aus Monaten, in denen es heiß und trocken ist. Außerdem darf man auch nicht vergessen, daß es viele Bauern gibt, denen es noch schlechter geht als uns, die nichts haben außer der Kraft ihrer Arme, nicht einmal ein Huhn, das ihnen Eier legt für die Zeit, in der die Arbeit dumpf und schwer wird. Damals aber waren wir jung und glaubten den Worten meines Vaters nicht, wenn er gelegentlich sagte:

Mein Vater: »Setzt euch keine Flausen in den Kopf, Kinder. Mit Pietros Arbeit können wir kaum die Steuern für das steinige Stück Land auf der Giummarra bezahlen.«

Doch wir arbeiteten schwer, bis es mit den beängstigenden Glockentönen von Santa Maria Mitternacht schlug. Nichts Lebendiges hörte man mehr atmen, nur der Wind pfiff hin und wieder wütend über den stockfinsteren Mauerhang. Ich hatte Angst vor den Geistern, die um Mitternacht aus den verlassenen Hütten und den kalten, schlammigen Gassen hervorkommen, die mit dem Wind und dem feinen, feuchten Nebel, der über die Mauern heraufzieht, im Ort herumtreiben und durch Löcher und Spalten in die Häuser eindringen, um Unglück und Unheil über die Bauern zu bringen. Auch Pietro hatte dann Angst und sah mit angehaltenem Atem zum dunklen Küchenfenster hinaus. Riesig zeichnete sich der Kirchturm von Santa Maria Maggiore in der dunstigen Luft ab und fiel als ungeheurer, schwankender Schatten mal stärker, mal schwächer, im zuckenden Licht der wenigen vereinzelten Petroleumlampen, auf die Häuser und den Steilhang am Kastell. Mein Bruder zog sich hastig zurück und war noch blasser als sonst, aber ich redete ihm Mut zu.

Ich zu Pietro: »Mach das Fenster gut zu. Die Geister kommen nicht zu uns, die wir arbeiten, um unser Brot zu verdienen.«

Unterdessen gingen die Jahre dahin, und ich war dreißig geworden, aber noch immer schnürte es mir die Kehle zu, wenn ich an Ciccio Incarbone dachte, der vielleicht bei Wind und Wetter in Amerika unter lauter Fremden arbeitete. Im Rückblick verblaßte seine Gestalt und wurde immer undeutlicher, und ich erinnerte mich kaum noch an den Klang seiner Stimme, die immer unhörbarer wurde. Wenn in den ersten Jahren meiner Jugend irgendeine meiner Freundinnen heiratete und mir die noch ofenwarmen, kleinen Zuckerkuchen schickte, litt ich darunter und konnte in Gedanken an mein Geschick die Tränen nicht zurückhalten. Ich schloß mich in der Küche mit der niedrigen Decke und dem matten Licht, das kaum bis an die Wände reichte, ein und blieb, in Gedanken versunken, mit schwerem Körper und den Händen im Schoß da sitzen. Ich dachte an nichts Bestimmtes, aber die Ehe schien mir ein neues Leben voller Hoffnungen und Lieder zu eröffnen. Manchmal konnte ich nicht weinen und spürte, wie meine Augen müde wurden und die Kehle trocken wie die eines Fuhrmanns, der an einem heißen, sonnigen Tag singend durch die Ebene von Catania zieht. Lange saß ich so da. Die Turmuhr auf der Piazza schleuderte die Stunden in die Luft hinaus, und ich sah den Glanz des Nachmittags droben auf den violetten Bergen von Militello, die den Blick auf den Himmel versperrten. Und dann dachte ich daran, daß dort in der Ferne – zwischen den Feigenkakteen und steinigen Hängen – Mädchen wie ich lebten, die niemals in den Ort hinunterkamen und nicht einmal wußten, daß es das Fest der Heiligen Agrippina gab.

Inzwischen habe ich solche traurigen Momente längst nicht mehr, und wenn ich an meine Mutter und an Pietro denke, weiß ich, was Ehe und Tränen bedeuten und Kummer, den man zu erleiden hat, weil kein Brot da ist und die Kinder aufwachsen, ohne genug zu essen zu haben. Nach und nach habe ich immer mehr Zuneigung gefaßt zu meinem Bruder und zu meiner Schwägerin, die still neben mir arbeitet und diese harten Zeiten voller Hunger hinnimmt als ein Kreuz, das uns Bauern auferlegt ist, und zu meinen Neffen und Nichten, die in Haus und Hof herumlärmen oder voller Staunen zuhören, wenn ich ihnen an Regentagen Märchen erzähle, und die in mir eine Frau sehen, die sehr viel weiß und viel erlebt hat.

Meine kleinen Nichten und Neffen: »Tante Pina, woher kennst du so viele Märchen? Kennen wir die dann auch alle, wenn wir so groß sind wie du?«

Ich könnte nicht ohne meine Familie sein, und es ist nicht wahr, was meine Mutter manchmal an den langen Abenden, die kein Ende nehmen wollten, sagte.

Meine Mutter, eine blutleere Hand ausstreckend: »Mein Kind, der wahre Reichtum ist der Ehemann. Wenn die Brüder heiraten, jagen sie alle fort, auch die, die sie zur Welt gebracht hat.«

Mehr weiß ich über meine Jugend nicht zu sagen. Sie war weder schön noch schlimm, sondern so wie die vieler anderer Bäuerinnen auch, die mit ihren Männern zusammen gearbeitet haben, damit das Korn auf den Bergen wächst und sie nicht aus lauter Hunger das Haus, in dem sie schlafen, verkaufen müssen. Pietro möchte, daß ich etwas Lustiges erzähle, weil ihm alles, was er bisher geschrieben hat, so klingt wie das Totengeläut von Santa Maria, während doch, was in den Büchern steht, sonst eher zum Lachen ist und uns leicht und heiter stimmt.

Die Heirat meines Bruders Pietro

Pietro heiratete sehr jung, und mein Vater, meine Mutter und ich waren dagegen. Maria war ein gutes Mädchen, aber ihr Vater, der Bauer Ciccio Piducchio, der im Nicchiaratal einige Parzellen Land mit Olivenbäumen besitzt, hängt sehr am Geld und hat lauter heranwachsende Töchter, die alle einen Mann suchen. Ich lernte Maria vor vielen Jahren bei dem Fest der Himmelskönigin beim Aufgang nach San Francesco kennen, wo sich eine große Menschenmenge hinter der Heiligen herbewegte und die Kapelle laut spielte. Die Signora Mena, die neben mir ging, zeigte sie mir mit ihrer runzeligen Hand.

Signora Mena, leise: »Es ist die mit dem neuen Baumwolltuch. Man kann ihr geblümtes Kleid sehen. Es wird erzählt, daß dein Bruder sie sehr gern hat.«

Als mein Vater das erfuhr, redete er sehr ernst mit Pietro und sagte abschließend:

Mein Vater: »Mein Sohn, solche Dummheiten macht man in deinem Alter nicht. Wenn dir eine Familie heranwächst und du sie nicht ernähren kannst und du dir nicht mehr zu helfen weißt, dann wirst du sagen: ›Mein Vater hatte recht‹. Wenn man jung ist und die Welt noch nicht kennt, sieht alles ganz einfach aus, und man begreift noch nicht, daß auf so viel Freude, die man selbst erlebt, Tage ohne Brot und ohne Arbeit folgen können.«

Bauer Ciccio Piducchio freute sich, denn er wußte, daß mein Bruder ein sehr geschätzter Handwerker war, und eines Abends kam er spät, damit niemand ihn sah, zu uns und sprach lange mit meinem Vater und meiner

Mutter. Ich saß in der Küche beim matten, rötlichen Schein der Öllampe und hörte hin und wieder ein lautes Wort.

Mein Vater: »Bauer Ciccio, ich sage Euch, Ihr macht einen Fehler. Sie sind Kinder und begreifen noch nichts. Sie werden es bereuen.«

Bauer Ciccio Piducchio mit seiner kräftigen Stimme: »Bei der Madonna, notfalls helfe ich meiner Tochter und gebe ihr ein Stück Land an der Nicchiara!«

Im März fand die Hochzeit statt, und in dem Jahr machten alle Bauern sich Sorgen, weil kein Regen kam und das Korn nur mühsam wuchs und gelb und verdorrt war. Ich hörte die Bauern reden, wenn sie auf ihren mageren, trägen Eseln bei Sonnenuntergang am Mauerhang vorüberritten, während ein bösartiger Wind die Wolken auseinanderriß und sie hierhin und dorthin durch die Täler zerrte.

Die Bauern mit tönender Stimme: »Nachbar, ich sage Euch, in diesem Jahr werden wir Not leiden. Die Wolken da bringen kein Wasser!«

Mein Vater wollte ein großes Fest geben, aber das Haus von Bauer Piducchio war kleiner als unseres und hatte nur zwei Zimmer mit rissigen Wänden, einem Rohrdach und zwei unzulänglichen Fenstern, durch die noch nicht einmal Licht hereinkam. Wir luden nur wenige Leute ein, die in Trikotanzügen kamen, wenig redeten und an das Getreide dachten, das nicht gedeihen konnte.

Die Gäste mit finsteren Gesichtern, leise: »Diese Strafe hat uns gerade noch gefehlt. Und auch in Ramacca, in Vizzini und in Militello hat es nicht geregnet.«

Wir trommelten ein wenig auf den Tamburinen herum, aber sie gaben einen dumpfen Ton von sich, als würde auf Bretter geklopft. Zum Glück kam Antonio, der Freund meines Bruders, mit einem ganz und gar blinkenden Grammophon, das ihm sein Onkel Michele, der in Amerika gewesen war, zu diesem Anlaß geliehen hatte.

Antonio, gestikulierend und mit lachenden Augen: »Jetzt heißt es lustig sein! Der Regen wird schon kommen! Auf geht's!«

Er spielte eine Platte, die kratzend und quietschend eine Woge metallener Musik durch die engen Gassen ziehen ließ, in denen die Luft schwarz war von aufgewirbelten trockenen Erdkrumen.

Die Platte: »Zing, zing, zing, zing.«

Bauer Ciccio Piducchio ging herum mit einem Korb voll dampfender gerösteter Kichererbsen und ließ unter seinem Hinkefuß den Boden leicht erzittern. Seine Töchter, die damals noch ganz klein waren, füllten sich die Röcke mit Kichererbsen und nagten, zusammen in einer Ecke hockend wie Kaninchen, schweigend vor sich hin. Dann wurde Wein in Tonkrügen gebracht, aber die Gäste tranken wenig und nahmen mit seltsam ersticktem Glucksen nur hin und wieder einen Schluck. Ich wünschte, daß dieses traurige Fest schnell ein Ende fände, und spürte, wie mir die Tränen kamen bei dem Gedanken, daß Pietro uns nach der Hochzeit vielleicht verlassen müßte, um Brot für seine neue Familie zu verdienen. Unterdessen sank der Abend schnell herab. Die Dächer auf der Itria, die an dem abschüssigen Hang stufenförmig übereinanderlagen, wurden dunkel, und die Ziegel schwebten in einem unruhigen Gewölk. Plötzlich stieß draußen jemand einen Schrei aus, der, befreiend und ohne Unterbrechung, von Hof zu Hof weitergegeben wurde.

Der Schrei: »Es regnet! Es regnet!«

Bauer Ciccio Piducchio, die Gäste und mein Vater drängten sich auf der dunklen Treppe, und als die rußige Tür offenstand, streckten sie die Hände in die feuchte

Luft der Gasse hinaus und blieben in plötzlichem Schweigen wartend und horchend stehen. Tatsächlich hörte man kurz darauf ein leichtes, tickendes Geräusch, wie wenn jemand Getreide aus der Hand rinnen läßt, das allmählich zunahm und auf einmal – durch einige Windstöße – beinahe heftig wurde. Aber schnell hörte alles wieder auf. Alle kamen wieder herein, und die Regentropfen glitzerten auf ihren Händen unter den Öllampen, deren Flammen so groß und offen waren wie Wolfsrachen.

Die Gäste und Bauer Ciccio mit trauriger Stimme: »Es war nur ein kleines Wasserwölkchen. Und schon ist alles wieder vorbei.«

In den Stunden danach wurde das Fest durch den Wein, der die Zunge löst und die Gedanken befreit, etwas lauter, und jemand rief:

Jemand mit einer Stimme, die bis unters Dach schallte: »Es lebe das Brautpaar!«

Tags darauf aber mußte mein Bruder im Morgengrauen aufstehen und in die Werkstatt gehen, die meinem Großvater Peppi als Wohnung gehört hatte, um Hosen für Bauer Carmine und eine Jacke für Bauer Iaquino, den Fuhrmann, zu nähen und so den Ring für Maria bezahlen zu können. Es war keine allzu lustige Hochzeit gewesen, aber in der ersten Zeit danach war er fröhlich und arbeitete emsig, zusammen mit Luigi, dem anderen Schneider, in der Überzeugung, sich ein Häuschen mit einem grün gestrichenen Balkon und einem üppigen jungen Weinstock kaufen zu können, das gerade zu der Zeit auf dem steinigen, steilen Hang am Kastell angeboten wurde. Mein Vater hatte ihm sein Zimmer gegeben, und wir schliefen in dem anderen neben der Küche. Ich hörte, wie mein Vater abends vor dem Einschlafen mit einer Stimme, die unheimlich durch die Dunkelheit drang, zu meiner Mutter sagte:

Mein Vater: »Pietro ist noch ein Kind und glaubt, es mit dem Himmel aufnehmen zu können. Aber er täuscht sich, die Welt ist nicht so, wie er es sich erträumt.«

Zum Fest der Heiligen Agrippina arbeitete er Tag und Nacht, und mein Vater brachte ihm unter einem Tuch die Spaghetti mit Öl in die Werkstatt, wo er auch schlief. Maria wollte nicht, daß er so viel arbeitete und weinte, wenn sie ihn sah, blaß, mit verquollenen Augen und dichten Bartstoppeln auf den Wangen. Außerdem wurde im September auch noch das Häuschen mit dem grünen Balkon verkauft, und Pietro wurde traurig, weil er nichts weiter geschafft hatte, als dem Staat die Steuern zu zahlen. In der Zeit ging ich mit den Meinen auf die Giummarra, um ihnen bei einigen leichteren Arbeiten zu helfen. Die Erde war glühend heiß, die Mandelbäume waren trocken mit roten, verdorrten Zweigen, und die Amseln blieben in den Brombeersträuchern hokken, um sich vor der Hitze zu schützen. Die Ernte war erbärmlich ausgefallen, und die kargen, abgebrannten Stoppeln ließen die Felder trostlos erscheinen, auf denen um die Mittagszeit einige Zikaden zirpten und große glänzende Fliegen niedrig und träge um den trockenen Misthaufen herumflogen. Die Bauern kamen auf dem Feldweg vorüber, zu Fuß oder auf Eseln mit hängenden Ohren, aber sie sprachen nicht und tauschten nur vage Gesten aus, die das Unglück andeuten sollten, das auf uns lastete. Bei Sonnenuntergang kehrten wir mit einigen Bündeln Holz auf dem Rücken unseres Tieres heim, und mein Vater und ich gingen zu Fuß. Meine Mutter (die ein Jahr darauf starb) war so mager geworden wie nie zuvor und hatte farbloses, stumpfes Haar bekommen.

Meine Mutter auf dem Esel mit ihrem Buckel, der immer stärker hervortrat: »Auch die Welt wird alt, genau wie ich.«

Bevor wir die Straße erreichten, mußten wir eine Trift über mehrere weißgelbe, abschüssige Bergrücken hinaufsteigen, wo weder ein Brombeerstrauch noch ein Grashalm wuchsen und die heftig niederprallende Sonne die Nattern, die dort herumkrochen, blind machte und tötete.

Zu Hause tranken wir viel Wasser und fanden Pietro in einer Ecke sitzend, mit hageren Händen und einer bedrückenden Traurigkeit in den Augen. Mehr habe ich nun nicht zu erzählen, weil dann meine Mutter starb und mein Vater bis zum letzten Tag seines Lebens weiterarbeitete. Außerdem gibt es im Haus viel zu tun, und abends muß ich die Strümpfe meiner Nichten und Neffen waschen, die heranwachsen in diesem eisigen Winter bei ständigem Regen, der den Ort und auch die großen Mauern, die zu seinem Schutz gebaut worden sind, abrutschen läßt. Peppi, Antonia und Iana haben dauernd Löcher in den Strümpfen, weil sie bei ihren Spielen so schnell laufen, und Antonia zeigt mir ihre dünnen Beine und ihre Schühchen, die aus der Fasson geraten, und sagt:

Antonia, wobei sie mich mit ihren schönen Augen ansieht: »Die Tochter vom Wachtmeister hat in der Schule zu mir gesagt, ich hätte häßliche Bauernstrümpfe. Strick mir doch ein Paar ganz schöne.«

Pietro hat sich in den Kopf gesetzt, nach Turin zu gehen, weil Michele vom Bauern Francisco ihm erzählt hat, daß die Schneider dort gut behandelt werden und ihren Kindern in der großen Stadt, wo man spielt und tanzt und wo Züge durch die Straßen fahren, eine bessere Zukunft schaffen können. Ich glaube das nicht, denn sein Brot muß man überall auf der Welt im Schweiße seines Angesichts verdienen, und ich fürchte, daß Pietro, wenn er nach Turin geht, Tag und Nacht für andere arbeiten muß und noch mehr Elend und finstere Gedanken ihn belasten werden. Auch in Mineo haben wir jetzt elektrisches Licht, Brunnen mit gutem, reinem Wasser, und nach und nach werden wir mit Hilfe meines Bruders unser Haus besser herrichten und ein festes Dach bekommen.

Hier spricht
mein elfjähriger Sohn Peppi

Meine ersten Lebensjahre und mein Großvater Ciccio Piducchio

Ich bin noch ein richtiges Kind und noch nicht so alt wie mein Vater und meine Tante Pina, die schon viel erlebt haben und sich an vieles erinnern. Zur Zeit gießt es in Strömen, und ich gehe nicht aufs Feld, um meinem Großvater Ciccio zu helfen, der ständig seine großen Hände zum Himmel aufhebt und sagt:

Mein Großvater Ciccio: »Das Wasser läßt die Saat verfaulen und schwemmt die Erde von den Bergkuppen. Dies Unglück hat uns gerade noch gefehlt!«

Ich bleibe drinnen und helfe meiner Mutter bei der Hausarbeit oder rühre die Kleie für die drei Hühner an, die die ganze Zeit mit gelben Schnäbeln im Stall zwischen dem Holz hocken. Draußen in unserem Hof ist weicher, tiefer Matsch, und der Esel von Bauer Mattia Pitré stapft mühsam hindurch, bis zu den Knöcheln im Dreck. Abends möchte mein Vater, daß ich ihm etwas erzähle. Wenn ich in dem großen Bett liege, in dem ich mit Giovanni, Iana und Antonia zusammen schlafe, habe ich Angst vor dem Wind, der heftig am Balkon rüttelt und unermüdlich über den dunklen Weg an der Mauer heult. Ja, und auch meine erste Erinnerung geht viele Jahre zurück in eine Winternacht. Iana und Giovanni waren noch nicht geboren, und ich schlief mit Angelo zusammen, der dann später starb. Meine Mutter hatte noch bis spät abends mit meiner Tante Pina geredet, und es war windig, und der Regen prasselte so heftig auf das Dach, daß es zitterte. Ich war gerade erst eingeschlafen, als ich aus dem Schlaf hochfuhr und sah, daß die weit geöffneten Balkontüren auf und zu gingen wie die Flügel eines Geiers und großer Aufruhr in unserem Zimmer herrschte, in welches das Wasser böenweise hineinschlug und mir die Haare naß machte. Ich hatte Angst, die Geister vom Kastell oder von der Ciurera könnten hereingekommen sein, um uns Böses zu tun, und fing an zu weinen und zu schreien, zusammen mit Angelo, der ganz blaß war und zerzauste Haare hatte. Ich erinnere mich nur noch an meinen Vater, wie er mit seiner großen Gestalt vor dem dunklen, tobenden Balkon stand, und an meine Tante Pina mit ihrem schwarzen Haar, das ihr über die Schultern hing, wie sie zu uns sagte:

Meine Tante Pina mit ruhiger Stimme: »Habt keine Angst, meine Schätzchen, es ist nur der Wind, der uns Bauern die Türen öffnet und zerschlägt.«

Am nächsten Tag kam Don Antonio mit vielen dunklen Eisen, machte großen Krach und sagte mit lauter Stimme:

Don Antonio, schwarz und groß: »Keine Sorge, Pietro, bei dieser Eisenstange wird kein Windstoß mehr die Balkontür aus den Angeln heben.«

Er tätschelte mir das Gesicht, und ich war froh und kroch mit Angelo zum Spielen unters Bett. Dort war unsere Welt. Die hohen Matratzen schützten uns, und das Licht schlüpfte unter den Rändern der durchscheinenden Bettdecke hindurch. Viele graue, hauchfeine Staubflöckchen flogen umher, wenn Angelo und ich miteinander redeten, und unter einem losen Ziegelstein versteckten wir die blinkenden Geldstücke, die wir geschenkt bekamen. Einmal nahmen wir ein schweres, dunkles Buch mit dorthin, das Don Giovanni, der Krämer aus der Langen Straße, mir geschenkt hatte. Ich war hingegangen, um Petroleum zu kaufen, und Don Giovanni hatte mich über den Ladentisch hinweg mit seinen großen Augen angesehen und mich laut gefragt:

Don Giovanni: »Was willst du, du Strolch?«

Ich hatte Angst, mich zu vertun, und hatte unterwegs immerzu wiederholt: »Einen halben Liter Petroleum, einen halben Liter Petroleum.«

Ich, in einem Atemzug: »Einen halben Liter Petroleum.«

Er füllte mir die Flasche aus einem rußigen Faß, in dem einige Spinnen schaukelten, und sagte:

Don Giovanni: »Du bist der älteste Sohn von Don Pietro, dem Schneider aus der Langen Straße, nicht wahr? Da, nimm dieses Buch und bring es deinem Vater. Sag ihm, es hat dem Kanoniker Telli gehört, der verstand etwas von Magie und Spiritismus. Dein Vater kennt sich damit aus.«

Ich hatte Mühe, das dicke Buch zu tragen, aber ich freute mich sehr, denn ich hielt es für den Rutilio, der von der Entstehung und dem Ende der Welt erzählt. Als mein Vater es sah, betrachtete er es schweigend und blätterte hier und da in den vergilbten, dunklen Seiten herum, die fortlaufend von oben bis unten beschrieben waren.

Mein Vater, lächelnd: »Von wegen Geister! Es ist ein Meßbuch.«

Ich versteckte es unter dem Bett, und in stillen Stunden schlug ich es auf, und verwirrt schauten Angelo und ich es uns zusammen an. Nach und nach begannen wir Seiten herauszureißen und sie für unsere Spiele in kleine Stücke zu zerfetzen. Diese ließen wir dann wie kleine Flügel in dem engen, niedrigen Luftraum unter dem Bett fliegen, der sich so mit hüpfenden weißen Lichtflecken füllte. Aber jetzt bereue ich, daß ich das getan habe, denn wer weiß, ob es nicht der Rutilio war, den alle Bauern suchen, weil sie ihn in irgendeiner Dachkammer versteckt glauben, in der die Geister tanzen. Mein Vater war damals viel lustiger, und abends, wenn draußen die kleinen, schwankenden elektrischen Laternen angingen, um

Licht in die Dunkelheit zu bringen, und der Wind pfiff, nahm er mich und Angelo rittlings auf seine Schultern und lief lachend im Zimmer herum.

Mein Vater mit lebhafter Stimme: »He hop! He hop! Auf in den Kampf gegen den Zauberer in der schwarzen Höhle!«

Angelo und ich lachten und kamen uns vor wie auf einem Berg, von dem aus wir auf meine Tante Pina und meine Mutter heruntersahen, wie sie ganz klein und mit krummen Rücken neben dem erlöschenden Kohlefeuer saßen.

Dann wurden Antonia und Iana geboren, das Getreide reichte nicht mehr, und wir aßen jeden Tag gekochte Bohnen mit viel Suppe und hartem Brot. Ich ging zur Schule, und für die Pause nahm ich ein bißchen Zucker und eine Apfelsine mit. Das Gebäude war groß und hatte eine endlose, breite Treppe, und oben stand der hinkende Schuldiener und schrie uns an mit rotem Gesicht:

Der Schuldiener: »Beeilt euch, ihr Strolche, es hat schon vor einer Stunde geklingelt.«

Unser Klassenzimmer war staubig, hatte dämmriges Licht und viele Bänke mit seltsamen, verschnörkelten Kritzeleien. In den ersten Tagen herrschte ein großes Durcheinander, und alle meine Klassenkameraden redeten, weinten und pinkelten unter die Bank. Der Lehrer, dick und mit weißen Händen, gab uns Ohrfeigen, die Spuren auf den Wangen hinterließen, schrie ständig und stellte jeden in die Ecke. Ich verstand diese langen, kurzen oder bauchigen Zeichen nicht, die da an der Tafel standen, und wollte nach Hause zu meiner Mutter. Wir hatten Winter, und auf die Felder mit den krummen Olivenbäumen, die wir aus dem hohen Fenster sahen, und den Erdboden im Nebel goß es in Strömen. Es war kalt, und wir fühlten unsere Beine gar nicht mehr. Sie waren vollgespritzt mit Matsch aus den Gassen, durch die in

Bächen das Wasser floß. Über dem Heft schwollen mir die Hände an, und nachts, wenn ich bei Angelo und Iana schlief, juckten sie heftig, als hätte ich die Krätze. Nachmittags brauchte mein Vater mich in der Werkstatt, und durch die Lange Straße, wo die Drähte des elektrischen Lichts im Wind sangen, ging ich zu ihm. Luigi saß über den Stoff gebeugt, und ich setzte mich neben das Bügeleisen, das glühte und Funkensternchen versprühte.

Mein Vater mit leiser Stimme: »Da, zieh den Heftfaden aus dieser Jacke. Es gibt ein bißchen Arbeit, denn das Weihnachtsfest rückt näher. Und Gehilfen kosten ein Heidengeld.«

Zu Anfang fiel es mir schwer, die feine Nadel unter die Fadenschlingen zu stecken, die ich dann herauszog wie kleine Wurzeln. Doch dann gewöhnte ich mich daran und machte es gern zusammen mit Angelo, der mager war, aber lachende Augen hatte. Ich gab ihm die schwere Arbeit und sagte:

Ich zu Angelo: »Du bist immer zufrieden. Da hast du was zum Arbeiten.«

Mein Vater kaufte uns hin und wieder zwei Karamellen und brachte sie uns in buntem Papier, das wir in die Tasche steckten, um es unseren Freunden zu zeigen.

Mein Vater: »Wenn ihr mir helft und artig seid, kaufe ich euch noch mehr Karamellen.«

Wenn das Weihnachtsfest vorüber war, blieben wir drinnen, betrachteten die Berge von Militello, über die der Nebel zog, und spielten nicht mehr mit meinem Vater, denn er war jetzt unzufrieden und zog sich mit seinen schmerzenden Händen zurück. Im Januar kamen wieder schöne Tage, und die Sonne schob den Regen fort und machte unser Haus hell, vor dem einige Spatzen herumflogen. Ich ging mit Angelo nach draußen, und auf dem Hügel an der Mauer waren Ciccio von der Signora Antonia, Pelonero und Turi Cirasa. Sie waren acht Jahre alt wie ich und freuten sich, daß sie unten auf der Landstraße spielen konnten, wo es sechs Brunnen gab, die funkelten und gluckerten, als ob sie uns riefen.

Die Brunnen: »Gluck, gluck, gluck.«

Hin und wieder kam ein Bauer dort vorbei und tränkte seinen Esel, der das Maul vorstreckte und mit aufgerichteten Ohren iahte. Ciccio von der Signora Antonia trank viel Wasser, machte sich die Hände naß und spritzte dabei mit kalten Tröpfchen um sich. Mein Bruder Angelo lachte und klatschte in die Hände und rief: »Noch mal, noch mal!« Ich wollte nicht, daß sie so spielten, und Pelonero auch nicht. Der war klein und hatte ein dunkles Gesicht und schwarze Lippen, als wären sie mit Kohle bemalt.

Pelonero, stirnrunzelnd: »Nicht, nicht, Ciccio. Nachher bekommst du Fieber und phantasierst nachts im Bett.«

Wir gingen in die Feigenkakteen und kletterten einen Hang hinauf, auf dem langes Gras wuchs, das uns die Hände naß machte und zerschnitt. Oben war eine Müllhalde, wo auch die Erwachsenen hinkackten und die Hühner mit schmutzigen Schnäbeln herumscharrten. Wenn wir vorbeigingen, flogen viele grüne Fliegen auf und nahmen uns die Sicht. Dabei brummten sie laut und berührten uns mit ihren weichen, behaarten Körpern. Auf dem nahen Weg mit getrocknetem Matsch, der zu Staub zerfiel, gab es einen hohen, hohen Mast, über den die Leitungen für das elektrische Licht liefen, und gegen diesen Mast traten wir gern mit dem Fuß und lauschten dem gleichmäßig singenden Ton, der dort drinnen entstand.

Der vibrierende Pfosten: »Si, sii, siii!«

Und Angelo gefiel das so sehr, daß er es immerzu hören wollte, aber Signora Carmela, die Waschfrau, wollte das nicht.

Signora Carmela, kräftig, mit großen Brüsten: »Du Hundsfott, mach, daß du wegkommst, und stör die Seelen der Verdammten nicht!«

Wir rannten weg und gingen auf den Hügel, wo die Feigenkakteen dicht bei dicht an einem sandigen Hang wuchsen und ihre fleischigen Äste über einen gefährlichen Felsen hinausstreckten, der steil zu der breiten, hellen Landstraße hin abfiel. Wir trugen mehrere Steinhaufen zusammen und warfen sie von einer kakteengesäumten schmalen Schneise aus mit Vergnügen in die Luft, so daß sie sausend und kreiselnd schließlich dumpf auf dem lehmigen Hang aufprallten. Aber bald waren wir es leid, und unsere Hände wurden rot und brannten, weil der Sand auf den Steinen offenbar aus feinsten, zerkleinerten Dornen bestand. So gingen wir wieder hinunter, und im Tal der Caudaredda fanden wir Vogelmiere, die in blassem Grün ihre winzigen hellblauen Blüten öffnete. Wir aßen ganze Händevoll davon. Sie hinterließ einen süßlich klebrigen Geschmack im Mund und machte die Lippen grün und fettig. Wir liefen viel herum, und auf dem Felsen am Kastell spielten wir Greif zwischen den hohen Brennesselbüschen, die uns Brandbläschen an den Beinen machten und Ciccio von der Signora Antonia zum Weinen brachten.

Ciccio von der Signora Antonia, mit roten Augen: »Das ist ein böses Kraut. Wenn wir groß sind, reißen wir das alles aus.«

Pelonero fragte uns plötzlich mit seiner hohen, durchdringenden Stimme. »Wißt ihr, wie der Vater und die Mutter die Kinder machen?« Angelo, der jetzt tot ist, lachte und sagte, er wisse es nicht. Ich blieb ernst und antwortete: »Du willst uns doch wohl nicht weismachen, daß sie hingehen und sie kaufen. Warum hätten denn dann die Bauern, obwohl sie arm sind, so viele Kinder?« Aber es war schon spät, und auf den krummen, steinigen Wegen sahen wir im Licht der untergehenden Sonne die Bauern vom Feld heimkehren. Turi Cirasa bekam als erster Angst und sagte: »Gehen wir nach Hause, denn jetzt kommen die Geister der Ciurera heraus.« Ein leichter Nordwind kam auf und schlug gegen die Häuser von Mineo, die in Dunkelheit versanken, und in der Ferne über den Bergen der Coste bildeten sich helle Haufenwolken, die in die Höhe stiegen und einen blutroten Schein über die ganze ausgebreitete Unendlichkeit der Felder von Palagonia und Ramacca warfen. Wir kletterten den steilen Pfad an der Mauer hoch, wo die Frauen ihre Hühner riefen, die in Scharen auf die Ställe zueilten. Wenn wir zu Hause ankamen, war es schon dunkel, und meine Mutter stand neben dem Topf, in dem das Wasser kochte, und fragte uns im Licht der glühenden Holzscheite, die sie rosa anleuchteten: »Wo wart ihr denn so lange?« Auch mein Vater kam mit leichtem Schritt, und wir sahen ihn ganz plötzlich groß in der Küchentür stehen. Er fragte: »Was gibt es zu essen?« Aber wenn wir den Lattich und die in Öl gedünsteten Bohnen aufgegessen hatten, war ich immer noch hungrig.

Ich: »Ich habe Hunger. Ich möchte noch Brot.«

Auch Angelo und Antonia wollten noch Brot, aber es reichte immer noch nicht, und wir weinten und schrien. Meine Tante Pina streichelte uns, wir durften uns um sie herumsetzen, und sie erzählte uns das Märchen vom grünen Rößlein, das Angelo so gern hörte. Wir schliefen alle zusammen in einem Bett, und wenn er gut gelaunt war, sagte mein Vater: »Der Schlaf der Unschuld.« Aber jetzt bin ich so gewachsen, daß meine Füße über die Matratze, auf der wir quer liegen, hinausreichen, und ich weiß nicht, wie ich sie zudecken soll, wenn sie morgens geschwollen sind und weh tun.

Ich zu meinem Vater: »Du mußt eine andere Matratze besorgen, ich bin jetzt zu groß. Nachts ist mir kalt.«

Meine Mutter: »Sei still. Und denk daran, daß alle anderen in deinem Alter schon arbeiten und etwas nach Hause bringen.«

Aber ich kann ja nichts dafür, wenn ich meinem Vater nicht helfen kann, weil er keine Arbeit hat, und auch meinem Großvater Ciccio Piducchio nicht, der bei diesem Regen, der dicht und düster niederfällt und alles überschwemmt, nicht aufs Feld gehen kann. Und ich muß drinnen bleiben, denn ich gehe nicht mehr zur Schule, weil die Hefte Geld kosten und der Lehrer immer zu mir gesagt hat:

Der Lehrer, seine weiße Hand hebend: »Du bist schwer von Begriff wie alle Bauernkinder.«

Mein Vater wollte mich nach Catania auf die Schule der Reichen schicken, aber als die Familie größer wurde, wußte er nicht mehr, wie er es schaffen sollte, und arbeitete sogar in den Ölmühlen, wenn es eine gute Olivenernte gegeben hatte. Und es ist auch besser, daß ich nicht länger zur Schule gegangen bin, denn ich will kein »alter Klepper« werden und später im Casino hinter den Fenstern sitzen mit dem Hut auf dem Kopf und alle mit bösem Gesicht ansehen und mit den Bauern herumschreien. In diesem Zusammenhang muß ich immer daran denken, was der Sohn eines Adligen vor zwei Jahren beim Karneval zu mir gesagt hat. Es war ein schöner Tag, und meine Mutter hatte Milchkuchen im Ofen gebacken, und mittags, als wir alle bei Tisch saßen, hatte sie zufrieden gesagt:

Meine Mutter mit sanfter Stimme: »Eßt sie auf das Wohl eures Vaters. Er hat einem Bauern einen Anzug genäht.«

Dann kamen Pelonero, als Frau verkleidet, und Ciccio von der Signora Antonia mit kohlegeschwärztem Gesicht und holten mich ab, um auf der Straße herumzuschreien. Durch die Lange Straße kam nur hin und wieder ein Bauer mit seinem Tuch um den Kopf, und die Balkontüren waren alle geschlossen.

Wir begegneten einigen Gruppen von Jungen, die sich uns anschlossen, und wollten mit Kreide die Jacken der Vorübergehenden bemalen, aber alle wandten sich uns zu und sagten immer das gleiche.

Die verschiedenen Passanten, todernst: »Hört auf, ihr Strolche. Wir haben anderes im Kopf als den Karneval.«

Wir streiften durch die steinigen, nach Mist stinkenden Höfe von Santa Maria, und nur hin und wieder iahte aus den Ställen ein Esel mit einer langgezogenen, tiefen Stimme, die uns Angst einjagte. Wir setzten uns auf die Felsblöcke am Kastell und wollten lachen und uns etwas erzählen, aber niemand war in der richtigen Stimmung dazu.

Menico, der Sohn des Schuhmachers, sagte: »Heute haben mein Vater und meine Mutter sich gezankt. Meine Mutter schrie: ›Du taugst zu gar nichts, nicht einmal dazu, ein bißchen Brot für deine Familie zu verdienen!‹«

Pelonero hatte seinen Rock hochgezogen, und man sah seine schwarzbehaarten Beine.

Pelonero: »Was geht uns das an?«

Ich ließ ein paar Kieselsteinchen den Hang des Kastells hinunterkullern und sah, wie sie mit einem metallenen Geräusch auf den Dächern der Häuser landeten, die unten aus dem Burggraben auftauchten.

Ciccio von der Signora Antonia, mit leiser Stimme: »Gehen wir, Jungs. Es wird dunkel, und jetzt kommen die Geister aus dem Kastell. Mein Vater hat sie einmal in einer Winternacht hier oben tanzen sehen und ihr finsteres Klagegeheul gehört.« Wir waren alle still und horchten und sahen unter uns, an den Hügel geklammert, Mineo mit seinen übereinanderliegenden Dächern, auf denen das Licht erlosch, während es auf dem scheinbar in der Luft schwimmenden Kirchturm von San Pietro noch matt blutrot glänzte. In diese Stille hinein fing mein Bruder Angelo plötzlich an zu lachen, und alle sahen ihn an.

Ich, ärgerlich: »Warum lachst du, Trottel?«

Er wurde rot, wußte nichts zu sagen und wollte gehen. Aber Pelonero sagte:

Pelonero in seinem Frauenkleid, plötzlich aufspringend: »Ich hab's, ich hab's!«

Alle überrascht: »Was denn, Pelonero?«

Pelonero: »Das Fest im Casino der Adligen. Los, da gehen wir hin! Das ist schön.«

Mit der ganzen Meute setzten wir uns in Bewegung und gingen durch die Lange Straße zurück, die halb im Dunkeln lag, da die elektrischen Lampen noch nicht brannten. Auf der Piazza unter der runden Turmuhr mit den Zeigern, die so groß und dunkel waren wie Kreuze, standen nur vereinzelte Grüppchen von Bauern, die laut über die Saat sprachen. Im Casino wurde getanzt, und beim Näherkommen hörten wir Papptrompeten und schallendes Gelächter. Durch die bunten Glasfenster drang viel Licht, das den Vorplatz mit der Umzäunung hell erleuchtete. Wir blieben schweigend auf den Stufen stehen, aber Pelonero sagte: »Gehen wir herum auf die andere Seite. Da ist ein niedriger Balkon. Da können wir die Adligen tanzen sehen.«

Die Türen des Balkons waren geschlossen. Wir suchten Spalten, sahen aber nichts, und der starke Tabaksgestank, der herauskam, brachte uns zum Husten, und Angelo mußte niesen.

Ciccio von der Signora Antonia, unzufrieden: »Es ist nichts zu sehen.«

Ich: »Stellen wir uns zwischen die Gitterstangen. Vielleicht machen sie die Türen auf.«

Das Gitter war hoch, und wir klammerten uns an die Stangen, die feucht waren und unsere Hände gefühllos werden ließen.

Menico, seinen großen Kopf bewegend: »Ihr Trottel, von hier aus sehen wir nur den Vorplatz.«

Es wurde lauter, eine Frauenstimme kreischte, und man hörte ein Gluckern, als wenn Wasser in einen engen Krug hineinläuft. Unterdessen tauchte eine Wolke über der Stiftskirche auf, und ein feiner Nieselregen begann zu fallen, der auf unseren Haaren und Stirnen glänzte. Angelo hielt sich an seiner Stange fest, um nicht auszurutschen, und da im Casino lautes Gemurmel aufgekommen war, hielten wir alle den Atem an. Plötzlich öffnete sich eine Seitentür, und heraus trat ein Junge, dünn, im weißen Hemd und nach Rosen duftend, so daß uns der Mund offen blieb. Mit einem feinen zischenden Geräusch fing er auf dem Vorplatz des Casinos an zu pinkeln, doch dann bemerkte er uns.

Das Adelssöhnchen mit gellender, wütender Stimme: »Weg mit euch, ihr Bauernlümmel. Ihr habt hier nichts zu suchen. Geht weg!«

Und er rief Don Mario, den Kellner, der mit fettem Gesicht und kahlem Schädel herbeigelaufen kam und eine große Hand nach dem Adelssöhnchen ausstreckte, das inzwischen mit Pinkeln fertig war, sich aber dabei die Hosen ein bißchen naß gemacht hatte.

Don Mario mit weibischer, honigsüßer Stimme: »Was ist denn, kleiner Herr?«

Das Adelssöhnchen: »Die da. Die sind schuld, daß ich mir die Hosen bepinkelt habe.«

Don Mario nahm seinen Gürtel ab, ließ ihn durch die Luft pfeifen und auf die Gitterstäbe niedersausen, wo es an einer Stelle einen Funken gab.

Don Mario, wütend: »Verfluchtes Bauernpack, haut ab. Ihr glaubt wohl, ihr seid hier in eurem Stall, was?«

Wir ließen das Gitter los und rannten geduckt fort, doch ein Gürtelschlag traf mich auf dem Rücken, und ich fing an zu weinen. Wir versteckten uns am Aufgang nach

San Francesco, und es stank nach Urin, weil die Bauern dort immer pinkelten und große nasse Pfützen hinterließen.

Pelonero, zu mir kommend: »Es ist nichts, Peppi.«

Ich, weinend: »Mir brennt der Rücken.«

Pelonero, während er sich in seinem Kleid bewegte, um mich zum Lachen zu bringen: »Sei zufrieden, Peppi. Das nächste Mal sehen wir uns das Fest der ›alten Klepper‹ durch die Fenster in der Straße von San Pietro an.«

Der Regen wurde immer dichter, und in der feuchten Luft waren trübe und verschwommen die elektrischen Laternen angegangen. Wir machten uns auf den Heimweg und liefen alle auseinander in die verschiedenen Höfe. In der Zeit besuchte uns eines Tages mein Großvater Ciccio Piducchio mit seiner dreckigen, gestopften Mütze, um mit meiner Mutter über mich zu sprechen.

Mein Großvater Ciccio Piducchio zu meiner Mutter: »Meine Tochter, Peppi ist jetzt fast neun Jahre alt, und es wird Zeit, daß er arbeitet, statt an den Mauern und auf der Langen Straße herumzulungern und mit seinen Gefährten Unfug zu treiben.«

Meine Mutter: »Er soll Schneider werden wie sein Vater.«

Mein Großvater Ciccio Piducchio, lauter werdend: »Aber sein Vater arbeitet einen Monat im Jahr, und ihr habt nicht genug Getreide, um all die Münder satt zu machen.«

Meine Mutter: »Ihr habt recht, aber auch für Pietro wird irgendwann eine bessere Zeit kommen.«

Mein Großvater Ciccio Piducchio, mit seinem lahmen Bein auf den Boden stampfend: »Laß ihn jetzt erst mal zu mir kommen. Er hilft mir bei den leichteren Arbeiten und ißt bei mir im Haus, und zu Sant'Agrippina laß ich ihm, wenn die Ernte gut wird, einen Anzug machen.«

Meine Mutter mit leiser Stimme: »Ich werde mit seinem Vater darüber sprechen. Aber ich bin dagegen.«

Und so fing ich an, in das Haus meines Großvaters Ciccio Piducchio zu gehen, der mich zuerst mit seiner Tochter Angelina und seiner Tochter Peppa zusammen den Stall ausmisten ließ. Ich half meinen Tanten, den dampfenden und mächtig stinkenden Eselsmist auf einen einzigen Haufen zusammenzukehren und gewöhnte mich sogar an den finsteren Stall, in den Angelina mit einer brennenden Lampe hinunterstieg. Auf einem Boden, wohin man über eine Sprossenleiter gelangte, lag ein Haufen Stroh, und dort schlief ich zusammen mit Iano, dem Knecht meines Großvaters. Nachts hatte ich Angst, weil die Mäuse an den Wänden entlanghuschten. Iano aber schnarchte und wachte niemals auf. Meine Mutter wollte nicht, daß ich da oben schlief, und als mein Vater das erfuhr, sagte er:

Mein Vater: »Ciccio Piducchio ist und bleibt Ciccio Piducchio. Peppi bleibt bei uns, und wir teilen das Brot, das wir haben.«

Aber meine Tante Peppa füllte einen Quersack mit Stroh und legte ihn jeden Abend über die Stühle, um mir ein Bett zu machen. Mein Großvater sagte, das habe sie gut gemacht, knurrte aber trotzdem:

Mein Großvater: »In seinem Alter war ich schon Knecht bei Don Francesco und schlief im Stroh zusammen mit dem Hund.«

Dann fing er an, mich mit in das Nicchiaratal zu nehmen, und weckte mich früh um vier. Ich war noch sehr müde und konnte mich nicht auf den Beinen halten. Angelina schnarchte leicht und kehrte uns den Rücken zu, aber meine Tante Peppa stand auf und machte uns Brote, Zwiebeln und getrocknete Feigen fertig und hängte mir eins von ihren Baumwolltüchern um. Der Esel iahte, daß die dunklen Fensterscheiben zitterten, und mein Großvater Ciccio Piducchio legte ihm den Sattel auf und gab ihm einen kräftigen Puff in den Bauch, damit er munter wurde. Eingewickelt in sein Tuch, setzte er sich obendrauf, und auch ich hockte mich auf den Rücken des Esels und klammerte mich an der Jacke meines Großvaters fest, um nicht herunterzufallen. Es war so kalt, daß einem die Hände erfroren, und auf den Höfen an der Itria begegneten wir keinem Menschen. Manchmal war es stockfinster, der Nebel dampfte ringsum, und mein Großvater fluchte, weil der Esel den Weg nicht finden konnte. Der ganze Ort schlief, die Hähne krähten noch nicht einmal, und ich bekam Angst vor den Geistern, die aus den Gassen herauskommen konnten. Mein Großvater sagte mit einer dunklen Stimme, die gar nicht wie seine eigene klang.

Mein Großvater: »Nicht laut reden. Die Geister gehen fast niemals nach Mitternacht um.«

Bei den Vier Kanälen hörten wir das Vaterunser läuten. Die Kirchtürme waren nicht zu sehen, aber im Dunkeln konnte man ein Maultier traben hören. Bei Nunziata zeigte sich ein weißer Streifen am Horizont, und die Bäume tauchten aus dem Nebel auf, der sich verzog und die feuchten Steine sichtbar werden ließ. Im Nicchiaratal traf mein Großvater Iano, den Knecht, der ein Stück Brot aß, und sagte zu ihm: »Du könntest ein ganzes Haus verschlingen, ohne einen Tropfen Schweiß zu vergießen.« Sie nahmen die Hacken und gingen durch die Felder, auf denen zart und grün das Getreide sproß, und ich folgte ihnen und sammelte Quecken und anderes Unkraut, das sie ausrissen, zu kleinen Häufchen zusammen. Meine Hände wurden völlig naß, rot und schwer, und ich hatte Schwierigkeiten, mich zu bewegen, weil ich mit den Schuhen im Schlamm steckenblieb. Gegen Mittag drehte sich mein Großvater um und rief mir mitten im Saatfeld zu: »Geh und sag der Signora Maruzza, daß sie etwas zu essen machen soll. Und schlaf nicht ein unterwegs!« Die Signora Maruzza war Ianos Mutter und lebte im Nicchiaratal, wo sie ihrem Sohn bei verschiedenen Arbeiten half. Sie war schon sehr alt und hatte wirres weißes Haar und hängende Augenlider voller Bläschen. Wenn sie mich den nassen Talweg entlangkommen sah, rief sie: »Was gibt's, Peppi? Soll ich den Männern etwas zu essen machen?« Draußen neben dem Stall lagen zwei Felsblöcke nebeneinander, verbrannt und schwarz, zwischen denen wir ein Holzfeuer anzündeten, das sich ausbreitete und die Wände rot färbte. Die Signora Maruzza füllte einen Tontopf mit Wasser und brachte es zum Kochen. Ich hielt die Hände darüber, und eine angenehme Wärme durchströmte mich, und ich fühlte, wie mir wieder im ganzen Körper Müdigkeit aufstieg. Wenig später kamen auch mein Großvater, humpelnd, und Iano, die Schuhe und Beine voller Schlamm. Wir setzten uns neben den Nußbaum, der seine gelbbraunen, kahlen Äste ausbreitete, an denen sich gelegentlich ein eisiger Windstoß brach, und aßen alle vier aus einer großen Schüssel, in der die noch heiße Bohnensuppe oder die Spaghetti mit Öl dampften. Wir sprachen kaum, saßen über die Schüssel gebeugt und machten mit dem Mund seltsam schnalzende und glucksende Geräusche. Zum Schluß teilte mein Großvater die getrockneten, zuckersüßen Feigen aus und reichte uns seine Flasche mit schwerem Wein.

Mein Großvater, mit heiterer Stimme: »Eßt! Und gebt ruhig zu, daß Bauer Ciccio Piducchio seine Leute nicht hungern läßt.«

Iano und seine Mutter, zum Ausdruck der Bestätigung mit dem Kopf nickend: »Der gnädige Herr hat es uns nie an Gottes Gaben fehlen lassen.«

Mein Großvater, die Flasche hebend, zu mir: »Trink auch, du Dummkopf. Jeder Schluck dieses gesegneten Weines läßt das Blut in den Adern kreisen.«

Zuerst mochte ich den Wein nicht, er hob mir den Magen mit seinem herben, etwas säuerlichen Geschmack. Aber dann gewöhnte ich mich daran und verspürte ein Brennen und Zwicken im ganzen Körper, und mir wurde warm. Mein Großvater stand als erster auf und sagte: »Gehen wir wieder an die Arbeit.« Iano hatte Mühe, sich zu bewegen, und machte die ein wenig geröteten, feuchten Augen auf und zu, aber mein Großvater gab ihm einen Tritt in den Rücken.

Mein Großvater mit kräftiger Stimme: »Beeil dich, du Rindvieh! Was glaubst du, wo das Geld herkommt? Denkst du, ich stehle es mir zusammen?«

Auch die Signora Maruzza kam mit und folgte mir mühsam über die Felder, und ich lachte, wenn ich sah, wie lange sie sich bückte, um ein paar Quecken aufzusammeln.

Ich, lachend: »Was ist? Könnt Ihr die Beine nicht mehr bewegen?«

Aber es schien, als wollten die Felder, die gejätet werden mußten, niemals ein Ende nehmen und als würden wir nie den Bach erreichen, der schlammig und ungestüm durch das Ackerland bergab floß. Gelegentlich hellte sich der Himmel auf und ließ etwas Sonnenlicht durchsickern, aber so kalt und schwach, daß es kaum die Olivenbäume und den Johannisbrotbaum von Bauer Antonio Bevilacqua färbte. Der Abend sank schnell herab, es wurde dunkel in den Tälern, und ein eisiger Nordwind strich über die Felder und über die Straße, auf der es ebenfalls dämmrig wurde. Mein Großvater richtete sich plötzlich auf und rief: »Beim Blut der Madonna! Schon wieder Abend, und es ist noch viel zu tun!« Über die Triften, durch die der Esel und der dichter werdende Nebel heraufkrochen, kehrten wir nach Mineo zurück. Ich war unendlich müde, aber mein Großvater drehte sich hin und wieder um und zog mich an der Jacke: »Peppi! Mußt du denn ausgerechnet jetzt schlafen? Paß auf, sonst purzelst du noch vom Esel runter!« Ich fühlte, wie mich Freude überkam, wenn ich vom Hang bei San Giuseppe aus auf dem Hügel Mineo erblickte, das von einigen wenigen trüben Lampen beleuchtet wurde, die mal brannten und mal nicht. Ich war froh über das glühende Kohlenbecken und die Spaghetti mit Salat und das warme Ei, das meine Tante Peppa mich aussaugen ließ. Aber ich konnte vor Müdigkeit den Kopf nicht mehr halten, und im Halbschlaf kam es mir vor, als wäre ich noch im Nicchiaratal dabei, die Quecken aufzusammeln, die mir in den Händen brannten. Meine Tante Peppa hob mich vom Stuhl und brachte mich ins Bett mit den Worten: »Ihr bringt den Jungen noch um!«

Mein Großvater, fauchend: »Ich war noch jünger als er, als ich bei Don Francesco gearbeitet habe.«

Die Geister auf der Rocca und meine Arbeit in der Werkstatt meines Vaters

Sonntags putzte meine Tante Peppa mir die Schuhe und nähte mir die aufgeplatzten Nähte an meinen Sachen zu, und durch die Lange Straße, wo hier und da eine Frau im knöchellangen schwarzen Kleid die Hühner rief, ging ich nach Hause. Die Werkstatt meines Vaters war geschlossen. Ich sah durch das Schlüsselloch und konnte schwach die Schneiderpuppe ohne Kopf und den großen Tisch erkennen, auf dem sich scheinbar eine Hand bewegte. Die Signora Pina rief aus ihrem Stall herüber, wo ich sie stehen sah; mager und groß, als ob sie bis ans Dach reichte.

Signora Pina, ihre langen Arme schwenkend: »Schlimme Zeiten sind da, mein Sohn, auch für die Handwerker.«

Als ich nach Hause kam, liefen meine Schwestern oben auf der Treppe zusammen und schrien: »Peppi ist da! Peppi ist da!« Meine Mutter streichelte mir über das Gesicht und sagte: »Du wirst von Tag zu Tag magerer.« Ich genoß es, durch die Zimmer zu laufen und mit Antonia und Iana zu lachen, aber mein Bruder Angelo war vor kurzem gestorben, und mein Vater stand unbeweglich auf dem Balkon und schaute auf die grünenden Hügel von Militello. Ich verstand nicht so recht, warum wir still sein sollten, aber hin und wieder sprach meine Tante Pina von dem Verstorbenen.

Meine Tante Pina: »Ihr seid noch Kinder und wißt noch nicht, was sterben heißt.«

Doch nach und nach wurden auch wir still, und wir setzten uns auf den Fußboden und betrachteten die geborstenen, dunkel gewordenen Lehmziegel. Iana schlief ein, die Hände im Schoß übereinandergelegt, und ich erzählte Antonia leise, daß die Signora Maruzza schon so alt war und immer mitten im Saatfeld zu mir sagte: »Au! Au! Diese Schmerzen bringen mich um!« Gegen Abend ging hinter den Bergen von Vizzini der Mond auf, weiß mit roten Hörnern, und schien über die Felder und über den Hügel von Carratabbia, der sich klar abzeichnete und durchsichtig schimmerte, als wäre er aus Kristall. Von Osten wehte ein böiger Wind, der die Luft eisig machte und die Krone der aus der Mauer hervorwachsenden Pinie beugte. Wir rückten näher an das Kohlenbecken, und meine Tante Pina schloß die Fensterläden und sagte mit ernster Stimme: »Es ist mächtig kalt. Die Luft ist weiß vor Frost.« Sie machte das elektrische Licht an, und meine Mutter rief aus: »Peppi soll nicht mehr aufs Feld gehen. Er ist ein Handwerkersohn und soll auch Handwerker werden.«

Mein Vater: »Es ist aussichtslos für die Handwerker wie für die Bauern. Jede Arbeit ist gut, wenn man nur zu essen hat.«

Meine Mutter: »Du irrst dich. Er soll bei dir bleiben, und du lehrst ihn das Schneiderhandwerk.«

Mein Vater: »Begreifst du denn nicht, daß es mit uns Handwerkern jetzt aus und vorbei ist? Nur der Bauer kann noch ein Stück Brot bekommen. Und ich will nicht, daß mein Sohn in Zukunft das Leben verfluchen muß.«

Ich bin noch ein Kind und weiß nicht, ob die Lage sich verbessern wird und auch ich Schneider in der Langen Straße werden kann. Mein Vater ist unschlüssig, aber er spricht wenig, weil es ihm in diesen Monaten an Arbeit fehlt, und nicht einmal auf dem Castelluccio haben sie ihn gewollt, auf dem Gut des Fürsten, wo sie doch Leute brauchen für die Feldarbeit. Wir sind bei dem Gutsverwalter des Fürsten gewesen, in seinem Haus in Sant' Agrippina, das in der Nähe der Kirche liegt und rot gestrichene Balkone hat. Seine Frau öffnete die Tür und überrollte uns mit ihrer lauten Männerstimme.

Die Frau des Verwalters: »Was wollt Ihr? Ausgerechnet um diese Zeit sucht Ihr meinen Mann auf?«

Wir betraten ein Zimmer mit Fliesen, in denen ich mich spiegeln konnte, und ringsum an den Wänden hingen mehrere Gewehre mit glänzendem Rohr und roten Schleifen. Wir blieben stehen und warteten auf den Verwalter, der dann auch kam, groß, mit schmutzigen Stiefeln und wirrem Haar. Er musterte uns von oben bis unten, und mein Vater sagte: »Wir würden gern auf dem Castelluccio als Tagelöhner arbeiten. Dieser Junge hier ist mein Sohn, er ist sehr flink.« Don Luigi, der Verwalter, lächelte und sah seine Frau an, die mit großen Augen und parfümiertem Haar direkt vor uns stand.

Don Luigi mit eintöniger Stimme: »Ihr seid Don Pietro, der Schneider aus der Langen Straße. Ihr habt den Kopf voller Schrullen und seid nicht an die Feldarbeit gewöhnt. Dazu brauchen wir handfeste und kräftig gebaute Leute.«

Und so gingen wir wieder, und die ganze Zeit über, während wir den Weg von Sant' Agrippina hinuntergingen, wo die Kirche ihren massigen Schatten warf und das Hufeklappern einiger heraufkommender Esel zu hören war, hielt ich die Hand meines Vaters fest. Von der darauffolgenden Woche an ging ich wieder zur Arbeit bei meinem Großvater Ciccio Piducchio, der unterwegs immer zu mir sagte: »Du wirst die Bauernarbeit schnell lernen. Laß dir von deiner Mutter keine Flausen in den Kopf setzen. Ich habe keine Söhne, und wenn ich sterbe, vererbe ich alles meinen Töchtern, und dann kannst du das Land für sie bearbeiten. Meine Ländereien sind Gold wert.« Ich freute mich über diese Worte und kam mir vor, als wäre ich schon groß und anerkannt und respektiert von allen Bauern, die zu mir sagten: »Grüß Gott,

Bauer Peppi.« Und ich schaute über die Felder der Nunziata, wo sich der hohe und schon gelb werdende Weizen in Wellenbewegungen über mehrere Hügel ausbreitete. In diesem Jahr war der Sommer früh gekommen, und Ende Mai wurde schon gemäht. Auf den Feldern im Nicchiaratal war die Ernte gut gewesen, und mein Großvater hatte einige Arbeiter angeheuert, die frühmorgens kamen, bevor die Sonne aufging. Es wurde schwer gearbeitet, und ich war es leid, die Weizenbüschel, die mit leichtem Rascheln zu Boden fielen, zu Garben zu binden. Mein Großvater ermutigte alle, und über die leeren Felder, wo die Steine zum Vorschein kamen und die weichen, dickbäuchigen Grillen herumsprangen, schrie er:

Mein Großvater: »Vorwärts, Junge! In diesem Jahr wird es niemandem an Brot fehlen.«

Ich hatte ein Taschentuch um den Hals gebunden, um nicht so unter der Hitze zu leiden, aber ich schwitzte. Die Männer liefen an den Bach, um sich in dem Wasser, das von hier aus versickerte und sich zwischen den Steinen verlief, Hände und Stirn naß zu machen. Meine Hände schwollen an, und der Rücken tat mir weh. Deshalb warf ich mich heimlich hinter eine der Garben, und mir war zum Heulen. Mein Großvater sah mich nicht und rief: »Peppi, hier wird nicht Versteck gespielt. Keine Zeit verlieren! Du willst doch auch dein Brot essen!«

Meine Tante Peppa hatte mir ein Paar lange Hosen genäht, damit ich keine Sonne auf die Beine bekäme und die Disteln mich nicht stechen konnten. Alle lachten, als sie mich sahen, und riefen: »Ach, der kleine Knirps! Der kleine Knirps!« Um die Mittagszeit lag ein heller Glanz über den Hügeln an der Bahnstation, und im Nicchiaratal ballte sich eine drückende Hitze, so daß die Olivenbäume im Dunst verschwanden. Die Männer brummten: »Es ist Zeit, aufzuhören und essen zu gehen.« Und sie legten sich in den Schatten der Dachziegel oder unter den schmächtigen Feigenbaum mit den farblosen Blättern, der auf einer kleinen Anhöhe in der prallen Sonne stand. Die Signora Maruzza verteilte Brot, Käse und Wein, der in der Kehle brannte. Nachmittags nahmen wir die Arbeit wieder auf, aber ich konnte mich nicht mehr auf den Beinen halten und versteckte mich im Stroh in dem Stall, wo der Esel seine Kiefer öffnete und die Ohren hängen ließ. Pferdefliegen flogen, dick und gelblich, um ihn herum und ließen sich scharenweise in seinen Schwanzhaaren und zwischen seinen Schenkeln nieder, und manchmal stießen sie auch mir ins Gesicht, fleischig und kalt. Ich wollte weinen vor Müdigkeit, aber auf dem leicht feuchten Stroh, in einer Stille ohnegleichen, schlief ich unversehens ein. Einmal jedoch entdeckte mich mein Großvater. Er gab mir einen Tritt in den Bauch und schrie:

Mein Großvater im Stall, mit roten Augen: »Beim Blut der Madonna! Was, du schläfst hier? Hältst dich wohl für ein Herrensöhnchen?«

Das waren die härtesten Monate, und die Hitze nahm von Tag zu Tag zu und verbrannte die neue Saat auf den Stoppelfeldern und dem Ackerboden. Als wir auf der Tenne von Bauer Carmine beim Dreschen waren, warteten wir auf Wind, um das Korn zu schaufeln und die Spreu herauswehen zu lassen. Oft aber kam keiner, und die Männer standen da mit der Forke in der Luft. Ich half mit, die über die Felder verstreuten Garben auf die Esel zu laden, und sammelte das Stroh zu glatten, goldgelben Haufen zusammen. Die Luft war voller Spreu, die leicht wirbelnd auf unser Haar niedersank, überall eindrang und uns den Mund trocken machte. Der Bach war schon versiegt. Wir sahen sein steiniges Bett in blendendem Glanz leuchten, und ich verfolgte seinen Lauf, bis er sich in einem kleinen Tal voller staubiger Disteln verlor. Wir hatten wenig Wasser und stellten es in Tonkrügen in den

Schatten eines Birnbaums neben der Tenne, am Rande eines abschüssigen Hangs, der von dickbäuchigen, in grüner Reglosigkeit verharrenden Eidechsen wimmelte. Die Männer schalten mich, weil ich in langen Zügen trank. Und doch konnte ich meinen Durst nicht stillen, so stark war das Brennen, das ich im Körper fühlte.

Die Männer, mit roten Taschentüchern um die Köpfe: »Peppi, denkst du denn, du bist in Mineo? Du sollst dir nur die Lippen benetzen, aber nicht saufen wie ein Schwein. Das Wasser soll für uns auch noch reichen.«

Gegen Abend setzten wir uns um die Tenne herum und warteten, daß eine kleine frische Brise den Hang herunterwehte, der sich oben auf der Höhe zur Ebene von Callari hin öffnete. In der Ferne hörten wir das Rauschen des Windes, und die Männer und mein Großvater streckten ihre verbrannten Arme aus.

Mein Großvater und die Männer: »Da kommt er! Da ist er!«

Aber der Wind kam niemals bis ins Tal hinunter, sondern verlor sich mit ungleichmäßigem Geraschel in dem Brombeergestrüpp, das sich hoch über unseren Köpfen dunkel abzeichnete. Die Männer beugten den Kopf vor und wischten sich den Nacken trocken, ohne etwas zu sagen. Aus vier großen Holzbalken und Stroh hatten wir eine kleine Hütte gebaut, und ich kroch hinein, um dort mit meinem Großvater zusammen auf einem Quersack zu schlafen. Er wachte nachts lange neben der Tenne, damit die Arbeiter (die unten im Stall schliefen) kein Korn stahlen oder sich nicht irgendein Landmann aus der Umgebung dort herumtrieb, um etwas zu klauen. Später in der Nacht wurde ich von einem Stoß geweckt, und mein Großvater Ciccio Piducchio stand hoch aufgerichtet vor der Hütte und sagte: »Peppi, laß mich ein paar Stunden schlafen, und halte du Wache. Schlaf aber nicht ein, denn sie klauen einem sogar die Augen. Das Brot will eben hart verdient sein!« Ich war vor Müdigkeit ganz benommen, und eine heftige Übelkeit hob mir den Magen, als müßte ich mich erbrechen. Ich setzte mich auf die Tenne und hatte Angst in all dieser Stille, die mir in den Ohren sauste. Der Himmel war dunkel und wölbte sich mit lauter funkelnden Sternen, die so tief standen wie weiße Wolken. Die Augen fielen mir zu, und um mich wach zu halten, wollte ich die Sterne zählen, die wie Laternen über den Malatihügeln leuchteten.

Ich, die Finger bewegend: »Eins, zwei, drei, vier...«

Am Bach zirpten die Grillen in gleichmäßig rhythmischem Ton, ähnlich dem Gemurmel der kleinen Nonnen, die meinen Bruder Angelo begleitet hatten, als er gestorben war. Ich hätte am liebsten geschrien und vor Angst meinen Großvater geweckt, aber das Zittern der Hände ließ allmählich nach, und ich merkte, wie ich, den Mund voller Schlaf, ins Stroh sank. Fluchend wie ein Heide weckte mich mein Großvater, und auf meinen Hosen und Händen fand ich lange Reihen roter Ameisen, und es juckte mich am ganzen Körper.

Mein Großvater: »Du Esel! Mit zehn Jahren schlief ich bei Don Francesco nie, und nachts machte ich mir das Gesicht naß, um mich wach zu halten.«

Aber es war noch dunkel, und im Osten verblaßten die ersten Sterne in einem zögernden Licht, das sich nur mühsam über die Berge ausbreitete. Die Arbeiter verließen gerade den Stall, und wir sahen sie mit den Jacken über der Schulter den Pfad heraufkommen, der von Minute zu Minute heller wurde. Doch in den ersten Julitagen war die Arbeit plötzlich zu Ende, und über die Landstraße und über Abkürzungen, an denen die Brombeeren reiften und vereinzelte Amseln im Tiefflug vorbeiflogen, kehrten wir in den Ort zurück. Einer der Männer sang, aber seine Stimme verhallte ohne Antwort in den Bergschluchten, so daß er nach und nach verstummte und einen Schritt zulegte. Spät kamen wir in Mineo an, und ich lief zu meiner Mutter, die mich küßte und ausrief: »Mein Kind! Wie braun und mager du geworden bist!« Ich trank viel Wasser, und das Haus mit dem abgestandenen Geruch und dem wenigen Licht, das durch die verwitterten Läden fiel, kam mir fremd vor. Auch meine Schwestern waren ein bißchen größer geworden, ihre Augen glänzender, ihre Wangen zart und blaß, und sogar ihre Stimmen kamen mir verändert vor. Ich fühlte eine Schwere in den Gliedern und legte mich hin und schlief einen dumpfen, traumlosen Schlaf. In den folgenden Tagen traf ich nach und nach meine Freunde wieder, und eines Abends im August haben wir auf der Rocca Geister gesehen. Wir waren in der Gasse, die von der Langen Straße in einem Knick bergab führt und an der Mauer neben der Kate von Signora Carmela endet. Wir spielten dort Fangen, wobei wir die spitzen Steine wegstießen und so viel Staub aus den Abfallhaufen aufwirbelten, daß aus einem Fenster, vor dem ein Blumentopf mit winzigem, gelb gewordenem Basilikum stand, eine Frau den Kopf herausstreckte.

Die Frau, deren Gesicht von der untergehenden Sonne rot gefärbt war: »Hört auf, ihr Teufelsbrut! Ich atme lauter Staub ein und ersticke!«

Wir lachten, und Pietro Incarbone sagte: »Gehen wir zu Bauer Giuseppe. Jeder weiß, daß er mit den Geistern spricht.« Er wohnte an der Biegung dieses Sträßchens in einem Stall unter einem baufälligen Balkon, von dem Kalk und Lehmbrocken herabfielen. Wir klopften an die lehmverschmutzte Tür und hörten eine ferne Stimme fragen: »Wer ist da?«

Ciccio von der Signora Antonia, leise: »Er spricht mit den Geistern.«

Michele, der Sohn des Vermittlers, seine großen Hände bewegend: »Macht auf, Bauer Giuseppe. Macht auf!«

Wir lehnten uns schweigend an die Hauswand, und kurz darauf hörte man ein Gepolter und Gejammer, und Bauer Giuseppe erschien mit einem schwarzen Tuch über den krummen Schultern und bleichem Gesicht und fragte: »Wer ist da? Wer sucht mich?« Wir sprangen alle auf ihn zu und tanzten, uns an den Händen haltend, und wirbelten dabei eine dunkle Staubwolke auf, die einem die Sicht nahm.

Alle im gleichen Tonfall, mit herausgestreckter Zunge: »Huh! Huh! Häßlicher Alter! Häßlicher Alter!«

Bauer Giuseppe riß seine wäßrigen Augen auf, betäubt von dem Licht, das ihn plötzlich umfing, und dem Spektakel, den wir auf den Steinen und dem Unrat der Gasse machten. Er sprach mühsam und keuchte, während er sich an einem verwitterten Stock aufrecht hielt.

Der Alte: »Laßt mich in Frieden. Geht weg.«

Und leise schloß er die Tür, die in den Angeln quietschte wie ein lebendiger Mensch und den rötlichen Schein der Dämmerung zurückstrahlte. Wir warfen uns gegen die Tür, damit sie sich nicht schließen konnte, aber Pietro Incarbone schrie wie ein Verdammter: »Nicht, nicht! Er befiehlt den Geistern. Heute nacht kann er einen von uns sterben lassen!« Wir sahen durch das Schlüsselloch und durch den runden Durchschlupf für die Katzen, und Ciccio von der Signora Antonia behauptete, er habe etwas wie eine große Zunge über den Boden fahren sehen. Wir machten wieder Krach und schrien: »Huh, Huh! Häßlicher Alter! Häßlicher Alter!«

Daraufhin hörten wir etwas wie einen erstickten Schrei, und eine Stimme sagte: »Geht weg! Ich warte auf den Tod.« Wir wurden von Angst gepackt, und leise flüsterte Pelonero uns zu: »Wir haben etwas Böses getan. Alte Leute quält man nicht.« Die Straße verengte sich an dieser Stelle, seitlich begrenzt von fensterlosen Häusern mit schmutzigweißen Kalkwänden und einem Steinmäuerchen mit ein paar Löchern, durch die wir die abgebrannten Stoppelfelder sehen konnten. Inzwischen war Michele, der Sohn des Vermittlers, auf die Mauer geklettert und rief uns zu: »Kommt mal her, seht mal!« Man sah die ausgebrannten, steilen Felsen der Rocca, von schwächer werdendem, blutrotem Licht überströmt, und darüber, in einer dichten Wolke von Fliegen, den Müllhaufen, der auf die steinige Straße nach Fuoriporta hinausragte.

Michele, der Sohn des Vermittlers, an die Mauer geklammert: »Da unten, da unten.«

Da war ein kleines Stück Land, das unvermittelt über dem Felsabsturz im Leeren endete, und Brennesseln wuchsen dort, dicht und üppig, ohne jede Spur eines menschlichen Schritts.

Tommaso, der Zwerg mit dem rabenschwarzen Haar: »Kommt, wir steigen hinunter. Wer weiß, vielleicht ist da ein Schatz versteckt.«

Ciccio von der Signora Antonia: »Wir müssen aufpassen. Dahinter ist gleich der Abgrund!«

Wir stiegen über die Mauer und ließen uns nacheinander hinab. Die Brennesseln reichten uns bis oben an die Beine, und über uns ragte der Balkon von Signora Rosa, der Buckligen, hervor und sah aus, als würde er sich jeden Moment lösen und ins Leere stürzen.

Pelonero: »Zertreten wir die Brennesseln. Vorsichtig gehen!« Inzwischen war es Abend geworden, und der Kalvarienberg hörte auf zu leuchten und löschte, einen nach dem andern, alle seine Olivenbäume aus. Wir sprachen leise; in einer Ecke fanden wir zerbeulte, verrostete Nachttöpfe, und eine Maus kletterte blitzschnell über die Mauer.

Pietro Incarbone mit einer Stimme, die in Glucksen überging: »Bauer Giuseppe sollte herkommen und hier mit den Geistern sprechen.«

Tommaso, der Zwerg: »Nachts tanzen sie hier, die Geister.«

Pelonero: »Wenn ich nicht Angst hätte, würde ich um Mitternacht herkommen.«

Ich: »Die Geister würden uns in den Abgrund stürzen.«

Wir blieben eine Weile still in eine Ecke gedrängt, und tiefes Schweigen breitete sich aus, nur unterbrochen von dem zögernden Klagelied eines Bauern im dunklen Tal von Fiumecaldo. Auf einmal hörten wir ein Rasseln wie von altem Eisen, und mehrere riesig lange, schlanke Gestalten zeigten sich auf dem Mäuerchen, zerstreuten sich und verschwanden in den Brennesseln.

Michele, der Sohn des Vermittlers, mit heiserer Stimme: »Die Geister! Die Geister!«

Wir klammerten uns an die Mauer und kletterten in wildem Durcheinander wieder hoch, so daß Pelonero fast in den tiefen, dunklen Abgrund hinuntergestürzt und zerschmettert worden wäre. Auf unseren Lärm hin zeigte sich die Signora Rosa auf dem Balkon, und wir sahen sie, beleuchtet von einem Lichtstrahl, hoch oben über uns stehen mit ihren roten Haaren und dem Buckel, der aussah, als ob er in Flammen stünde.

Signora Rosa mit einer Stimme, die wie von weit her kam und kaum bis zu uns drang: »Ihr Teufelsbrut, was treibt ihr da unten? Wißt ihr nicht, daß da Geister sind?«

Als wir in die Lange Straße mit all dem elektrischen Licht einbogen, sagte Michele, der Sohn des Vermittlers, ganz außer Atem: »Die da und Bauer Giuseppe haben Macht über die Geister.« Tagelang sprachen wir von dem Vorgefallenen, und ich träumte jede Nacht von den grünen, schwankenden Gestalten der Geister und schrie, aus dem Schlaf hochfahrend, so laut, daß ich meine Tante Pina aufweckte, die in unserem Zimmer schlief.

Meine Tante Pina: »Peppi, was hast du? Bekreuzige dich und hab keine Angst.«

Und kaum war das Fest der Heiligen Agrippina mit den Böllerschüssen, die über den Dächern krachten, und der Kapelle, die auf den Straßen spielte, vorüber, da sagte Michele, der Sohn des Vermittlers, zu uns: »Morgen gehen wir zur Beichte – auf den Friedhof zu den Kapuzinern. Dann brauchen wir nicht mehr an die Geister zu denken.« Auch Tommaso, der Zwerg, kam mit und Menico, der mit dem dicken Kopf, und unterwegs trafen wir noch lauter Jungen, die uns fragten: »Wo geht ihr hin?« Und auch sie kamen mit, und unter den Akazien, die in der Hitze verdorrten, gingen wir die Straße nach Fuoriporta entlang. Das Kloster lag neben dem Friedhof, und wir nahmen den steilen Weg den Rabbato hinab. Ein Junge sagte: »Erst gehen wir das bittere Wasser trinken.«

Alle: »Ja, ja.«

Die Quelle kam mit einem starken Schwall aus einer grünbemoosten Mauer hervor und floß gluckernd in die Tränke aus unbehauenem Stein, aus der bei glühender Hitze die Esel tranken. Wir tauchten die Hände ein, und einer trank das Wasser.

Die meisten von uns unter großem Gelärme: »Es ist bitter. Man kann es nicht trinken.«

Pelonero: »Es ist gut. Es enthält Schwefelsalz.«

Wellen von heftigem Gestank kamen von der Itria herüber, wo sich über uns auf einer Anhöhe die Müllhalde mit dem Mist, den zerbrochenen Tiegeln und dem Dreck, den alle dort hinterließen, türmte. Der Rabbato mit seinen Häusern hob sich dunkel gegen den Himmel ab, und seine schwarz werdenden, spitzen Strohhaufen waren kaum noch zu erkennen.

Michele, der Sohn des Vermittlers: »Wir müssen uns beeilen, es wird schon dunkel.«

Bevor man das Kloster erreichte, kam man an einem eisernen Kreuz vorbei, das auf einem Mäuerchen angebracht war und sozusagen die Grenze zwischen dem Ort und dem Friedhof markierte. An den Seiten neben der Kirche ragten in starrer Reihe alte Zypressen auf, die dem Ganzen etwas Trauriges gaben, als wollten sie sagen: »Psst... hier sind die Toten.«

Wir blieben schlagartig stehen, und Menico sagte: »Es ist dunkel. Wir kehren besser wieder um.« Michele fügte hinzu: »Ich hab Angst, ich habe sagen hören, daß die Mönche mit den Toten reden.« Pelonero: »Nein, wir müssen beichten.« So gingen wir, argwöhnisch und ohne Lärm zu machen, hinunter und klopften an die Tür des Klosters, auf das schon der Abend herabgesunken war. Niemand antwortete, und ich zog den Glockenstrang.

Die Glocke: »Zing, zinng!«

Nach einer Weile öffnete sich plötzlich die Tür, und mit einem weißen Bart, der sein Gesicht leuchten ließ, erschien Bruder Francesco.

Bruder Francesco mit verschlafener Stimme: »Was wollt ihr hier um diese Zeit, ihr Teufel?«

Alle im Chor: »Wir wollen beichten, Bruder Francesco.«

Bruder Francesco: »Es ist nur Pater Tommaso da, und ich weiß nicht, ob er euch allen die Beichte abnehmen kann.«

Wir stiegen eine niedrige Treppe hinunter, voller Schatten und mit einem Heiligenbild, das von einer offenbar gerade erlöschenden Öllampe beleuchtet war. Dann bogen wir in einen dunklen Korridor ein, wo es merkwürdig nach abgestandener Luft und nach Weihrauch roch und wo man Bruder Francescos Kutte rascheln hörte.

Bruder Francesco: »Wartet hier in dieser Ecke. Ich gehe und sage Pater Tommaso Bescheid.«

Ciccio von der Signora Antonia: »Ich habe Angst.«

Ein Gefährte, mit unsicherer Stimme: »Still, wir sind hier an einem heiligen Ort.«

Tommaso, der Zwerg: »In diesem Kloster tanzen nachts bestimmt die Geister.«

Bruder Francescos Stimme kam von weit her und hörte sich an, als wäre es gar nicht seine: »Der erste soll kommen.« Keiner rührte sich, und die Stimme von neuem, wütend: »Der erste soll kommen, hab ich gesagt!«

Alle zusammen, leise: »Geh du, Pelonero, du bist am mutigsten.« Pelonero stand an die Wand gelehnt, und wir drängten ihn auf einen roten Lichtstrahl zu, der hinten auf den Fußboden fiel und die Beine von Bruder Francesco beschien, der uns so groß vorkam, als reiche er bis an das Dach. Pelonero verschwand, und einer von uns sagte: »Er schluchzt. Es ist die erste Sünde, die wir begangen haben.« Nach kurzer Zeit hörten wir seinen Schritt, und im matten Schein der Lampe, die in unserer Ecke brannte, sahen wir ihn mit gesenktem Kopf und rotem Gesicht kommen.

Alle, leise: »Was ist, Pelonero?«

Pelonero: »Er hat mir so viele Fragen gestellt. Und als Buße hat er mir sieben Avemaria und sieben Vaterunser aufgegeben. Aber ich kann das Vaterunser nicht.«

Alle: »Jetzt geht Peppi, der Sohn vom Schneider.«

Und sie schubsten mich und gaben mir einen Tritt in die Beine. Das Kämmerchen, in das ich eintrat, war heiß wie ein Strohhaufen, und Vater Tommaso saß auf einem Stuhl mit einer dunklen Decke über den Beinen. Er hatte einen dichten, schwarzen Bart, der sogar seine Lippen verdeckte, streckte seine behaarte Hand aus und sagte: »Knie nieder, und erzähle mir deine Sünden.« Ich bekam Angst und fing stotternd an zu sprechen.

Pater Tommaso, während er mich im Halbdunkel verstohlen betrachtete: »Hast du geflucht?«

Ich: »Nein.«

Pater Tommaso: »Hast du deinem Nächsten etwas gestohlen?«

Ich: »Nein.«

Pater Tommaso: »Auch deinem Vater und deiner Mutter nicht?«

Ich: »Nein.«

Pater Tommaso: »Tust du Dinge, die heikel auszusprechen sind?«

Ich verstand nicht und antwortete nicht.

Pater Tommaso: »Treibst du keine schmutzigen Dinge, auch nicht, wenn du allein bist oder im Bett?«

Ich wurde rot und wußte nicht, was ich antworten sollte.

Er stellte mir noch weitere Fragen, und bevor ich ging, erblickte ich auf dem halbdunklen Bett des Paters eine Katze, die zusammengerollt dalag und mich mit gelb blitzenden Augen ansah.

Pater Tommaso: »Du hast viele Sünden begangen. Als Buße wirst du zehn Vaterunser beten und heute abend zu Hause deiner Mutter die Füße küssen.«

Als wir alle wieder hinaus ins Freie kamen, schlug es an der Uhr von San Pietro die zweite Abendstunde, und der Kirchturm des Klosters war von den Zypressen nicht mehr zu unterscheiden. Es war nicht genügend Zeit gewesen, uns allen die Beichte abzunehmen, aber viele sagten: »Jetzt sind wir erleichtert und frei von Sünden.«

Pelonero zeigte uns das Friedhofstor. Wir gingen näher heran und sahen durch die Eisenstäbe eine steinige schmale Allee, und zwischen den schwarzen Zweigen der Zypressen erkannten wir undeutlich das schwache Leuchten der Kerzen auf den Gräbern.

Michele, der Sohn des Vermittlers: »Da stehen die Toten auf in der Nacht von Allerseelen.«

Ciccio von der Signora Antonia: »Mein Großvater sagt, daß sie schweigend dieses Tor öffnen und weiß gekleidet einer nach dem andern herauskommen.«

Pelonero mit tonloser Stimme: »Um die Zeit liegen wir

alle im warmen Bett und schlafen. Und die Nacht ist voller Wolken, und Regen hängt in der Luft.«

Menico, der mit dem großen Kopf: »Auf den Schultern tragen sie Krüge voller Tränen, sagt meine Mutter immer.«

Angelo Pitré, leise: »Ja, das stimmt. Das sagt meine Mutter auch.«

Tommaso, der Zwerg, mit schwacher Stimme: »Sie reden nie. Und von der Itria und von der Varanna kommen sie in einem langen Zug auf die Piazza herunter.«

Pelonero: »Aber um die Zeit sind alle Häuser verschlossen, und nur der Wind ist auf den Straßen unterwegs.«

Ich: »Auf der Piazza trennen sie sich und ziehen, still vor sich hin weinend, nach San Pietro, nach Santa Maria und nach Sant'Agrippina weiter. Das hat mir meine Tante Pina erzählt.«

Turi Cirasa, flüsternd: »Und dabei füllen sie ihre Krüge mit Tränen.«

Pietro Incarbone, bleich im Gesicht: »Sie weinen um uns.«

Pelonero: »Nein. Sie weinen wegen ihrer eigenen Strafen. Das sagt mein Großvater Giacobbe.«

Ich blieb stumm und dachte an meinen Bruder Angelo.

Tommaso, der Zwerg: »Gehen wir. Ich habe Angst.«

Mir war, als hörte ich die Stimme meines Bruders Angelo durch die Luft schallen, und ruckartig, mit heftig klopfendem Herzen, sah ich mich um. Michele, der Sohn des Vermittlers, sagte: »In der Nacht von Allerseelen kommt auch Angelo heraus, der Bruder von Peppi.« Ich zitterte, und plötzlich sagte ich: »Nein, nein.«

Alle im gleichen Tonfall: »Doch, Peppi, doch.«

Ich fühlte einen Kloß im Hals und schrie: »Nein, nein.« In dem Moment dröhnte eine laute Stimme durch die Luft: »Weg da, da sind die Toten.« Und wir rannten davon, den steilen steinigen Hang hinauf, der nach oben hin von Zypressen begrenzt war.

Pelonero: »Das war Bruder Francesco.«

Ciccio von der Signora Antonia: »Nein, das war die Stimme der Geister.«

Auf der Straße nach Fuoriporta trafen wir einige Bauern, die vom Feld heimkehrten, und Tommaso, der Zwerg, sagte: »Es war eine schwere Sünde, daß wir über die Toten geredet haben.« Nachts konnte ich nicht schlafen und war froh, als der Balkon hell wurde und die Hähne auf den Mauern krähten. In jenen Tagen kam mein Großvater Ciccio Piducchio mit einem Sack Weizen und sagte: »Nehmt ihn. Er macht das Brot weich und weiß.« Und dann sagte er: »Morgen fange ich an mit den Arbeiten im Nicchiaratal. Peppi muß kommen.« Ich stand dabei und sagte: »Nein.«

Mein Großvater: »Was denn? Bist du plötzlich ein Herrensöhnchen geworden?«

Meine Mutter, aufstehend: »Ich gebe ihn Euch nicht.«

Mein Großvater mit dumpfer Stimme: »Willst du ihn immer noch am Rockzipfel haben? In seinem Alter hatte ich nie einen Tag Ruhe.«

Meine Mutter: »Er muß seinem Vater in der Werkstatt helfen.«

Mein Großvater: »Wobei? Beim Fliegenverscheuchen?«

Meine Mutter: »Nein. Er muß neue Anzüge für die Musikanten nähen. Die Kapelle soll nach Militello kommen, zum Fest des Schutzheiligen.«

Diese Arbeit kam unverhofft. Eines Morgens, als er mich weckte, sagte mein Vater: »Wenn du mir hilfst, nehme ich dich von dem Geld, das wir dann verdienen, mit nach Catania. Dann kannst du das Meer sehen.« In der Werkstatt war Luigi, zufrieden und mit geflickten Arbeitshosen, schon dabei, vor sich hin pfeifend den weißen Stoff für die Musikanten auf dem Tisch zusammenzulegen.

Luigi: »Pfi, pfi, pfiii!«

Luigi, zu mir gewandt: »Lerne das Schneiderhandwerk,

Peppi. In den guten Monaten steht man sich nicht schlecht, und man braucht nicht bei Wind und Wetter draußen zu sein wie die Bauern.«

Ich betrachtete die Werkstatt mit den aufgeplatzten Ziegelsteinen und den rissigen, von Feuchtigkeit fleckigen Wänden, und ich war glücklich über die Lichtstrahlen, die hereinfielen, jeden Winkel erhellten und dabei die Spinnen in ihren Netzen weckten. Schon lange war ich nicht mehr dort gewesen, und ich wollte die Schneiderpuppe ohne Kopf und mit der aufgeblähten Büste anfassen, und aus dem offenen Wandschränkchen holte ich Watte und verschiedene dreieckige und viereckige Stoffstückchen, die völlig verstaubt waren. Im Nicchiaratal bei meinem Großvater Ciccio Piducchio fühlte ich mich fremd und hatte immer einen Kloß im Hals, bevor ich anfing zu arbeiten, aber in der Werkstatt fühlte ich mich wie zu Hause und blickte freier und fröhlicher um mich. Ich wollte die Zisterne sehen, die hinter einem grünbemoosten, Wasser schwitzenden Mäuerchen verborgen war, steckte den Kopf in die dunkle runde Öffnung, aus der ein modriger, fauliger Geruch und eine große Kühle heraufstiegen, und rief hinein:

Ich: »Uh, uh!«

Es war, als ob unten Pelonero, Ciccio Cirasa, Michele und Tommaso, der Zwerg, stünden und mir antworteten und meine Stimme zurückwürfen, aber so, daß sie gedehnter und dunkler klang:

Die zurückgeworfene Stimme: »Uh, uh!«

Luigi rief mich und lachte: »Peppi, so wirst du nie ein Schneider! Komm her, ich zeig dir den Heftstich.« Ich setzte mich auf einen kleinen Hocker neben meinen Vater und hatte Mühe, die feine, ständig funkelnde Nadel in der Hand zu halten. Sehr viel weißer Stoff lag in den Tagen auf dem Tisch, auf den Stühlen und in der Spiegelschublade, und wenn morgens die Sonne auf das Dach der Signora Pina knallte, leuchtete unsere Werkstatt, als wäre sie voller Spiegel. Donna Teresa, die Bäckersfrau, erschien hin und wieder an unserer Tür mit kohleverschmiertem Gesicht und rauchgeschwärzten Haaren und sagte: »Meister, Euch ist Gottes Gnade widerfahren.« In der ersten Zeit konnte ich den Stoff nicht einmal zwischen den Händen halten, und er rutschte mir von den Beinen, kräuselte sich und zog sich immer mehr in die Länge. Aber die Frist für die Fertigstellung der Anzüge war kurz bemessen, und auch meine Tante Pina und meine Mutter arbeiteten zu Hause, nähten die Hosen und machten Knopflöcher in die Jacken. Wir standen früh auf, wenn noch alle schliefen. Nur die Ziegenhirten kamen schon aus den Häusern mit ihren dunklen Ziegen, die sich aneinanderdrängten in dumpfem Rumoren, als ob das Hochwasser käme. Aber im September war der Himmel schon früh hell, und von den Mauern und der Müllhalde auf der Rocca, wo die Fliegen starben und geboren wurden, stieg die Wärme auf. Unsere Arbeit drängte, und im Lauf der Stunden wurde die Luft immer drückender und lastete schwer auf uns – zusammen mit der Hitze und dem Schweigen des Ortes, der in einer weißen Helligkeit ohnegleichen dalag. Mittags aß ich mit meinem Vater in der Werkstatt Brot und weiche, klebrige Feigen. Wir tranken viel kühles Wasser, und ich fühlte, wie mich Trägheit und eine unsagbare Schwere überkamen. Ich konnte den Kopf nicht halten, und er baumelte mir über dem weißen Stoff, der kein Ende nehmen wollte. Wie ein Donnerschlag traf mich plötzlich Luigis Stimme, und ich spürte einen heftigen Schmerz in den steif gewordenen Fingern.

Luigi, neben dem Tisch stehend, umgeben von den sprühenden Funken des Bügeleisens: »Peppi, was schläfst du? Willst du wirklich Bauer werden? Nur die liegen um diese Zeit unter den Bäumen und schlafen.«

Und mit schmerzenden Augen mußte ich neben meinem Vater, der über das flinke Spiel der Nadel gebeugt saß, die Arbeit wieder aufnehmen.

Mein Vater: »Geh und schlaf ein bißchen.«

Ich: »Nein. Wir müssen doch bald fertig sein.«

In den Tagen lernte ich ein wenig, mit der Nähmaschine umzugehen, die mit ihrem großen öligen Rad und der über den schimmernden Stoff tanzenden Nadel in einer Ecke stand. Sie machte ein gleichmäßiges, rhythmisches Geräusch, das in der Langen Straße verhallte, aber ich konnte die Bewegung der Füße auf dem Trittbrett nicht richtig steuern, sie kamen aus dem Takt, schwollen mit der Zeit an und wurden rot vor Müdigkeit. Während der letzten Tagesstunden prallte die Sonne auf die Lange Straße, die aussah wie ein Fluß aus Blut, und Donna Rosa, die Frau des Barbiers, sagte von der Fensterbank aus: »Wenn nachher ein bißchen Wind aufkommt, kann man wieder atmen.« Mit diesem starken Licht in den Augen schlief ich unversehens über dem Stoff ein, aber jemand hob mich hoch und legte mich auf das Wattelager in einer Nische in der Wand. Nach unbestimmt langer Zeit – ich konnte sie nie einschätzen – hörte ich einen wechselnden leisen Pfeifton in den Ohren und wachte mit lahmen Armen und einer schmerzenden Gesichtshälfte auf, und neben mir kniete Luigi und sagte: »Peppi, wach auf. Hilf uns ein bißchen. Diese Arbeit bringt uns um, sie nimmt kein Ende.« Ich fühlte den Schlaf noch in den Gliedern, und um mich wach zu halten, machte ich mir das Gesicht naß, wobei ich mich an die Worte meines Großvaters Ciccio Piducchio erinnerte: »Bei Don Francesco schüttete ich mir Wasser ins Gesicht, um wachzubleiben!«

Die elektrische Lampe brannte, aber von draußen kam ein heller Schein. Mein Vater saß noch immer über den Stoff gebeugt, mit langen Zwirnsfäden auf dem Hemd und einem Röllchen Nähseide hinter dem Ohr. Seine Hände wirkten noch magerer als sonst, und sein Gesicht und seine Augen schienen wie von einem grünlichen Licht beleuchtet. Über dem Ort war der Mond aufgegangen, und wenn ich mich über die Stufe vor der Tür hinauslehnte, sah ich ihn hinter dem Kirchturm der Stiftskirche, die wie eine Glaskuppel leuchtete. Er war noch nie so groß und weiß gewesen, ohne jeden Fleck, und stand niedrig über der Piazza, auf der niemand zu sehen war, nur die Laternen, deren Umrisse sich verwischten und in einem dichten Lichtregen verschwammen. Die Häuser gegenüber von unserer Werkstatt sahen aus, als hingen sie in einer Wolke, und Donna Rosa schlief auf einem Stuhl neben ihrem Bett, die Hände in einem Lichtbündel auf ihrem Schoß. Der ganze Ort schien wie ausgestorben, und man hörte nicht einmal das Summen der Fliegen auf der Rocca, und ich dachte an die Geister, die um diese Zeit über dem Felsabsturz am Kastell im Mondschein tanzten. Ich bekam Angst, und mein Vater sagte: »Für dich und deine Tante Pina gibt es nichts als Geister.«

Ich antwortete nicht.

Mein Vater, den Kopf über den weißen Stoff gebeugt: »Haben sie dir in der Schule gar nichts beigebracht?«

Ich: »Aber der Mond fällt bestimmt auf den Ort herunter.«

Mein Vater, in die Arbeit vertieft, antwortete nicht.

Ich: »Man hört kein einziges Geräusch. Das ist ein schlechtes Zeichen.«

Ich fing wieder an zu arbeiten, aber die Hände schienen wie von dem bösen Zauberer aus den schwarzen Höhlen verhext und bewegten sich nur mühsam, mit äußerster Anstrengung. Ich hatte Hunger und wollte um Brot bitten, aber ich sagte nichts, denn die Arbeit war langwierig, und um Mitternacht würde meine Mutter kommen und uns etwas zu essen bringen. Sie kam, in ihr schwarzes Tuch gewickelt, leise herein, ohne daß wir sie bemerkten.

Meine Mutter mit zarter Stimme: »Ich habe euch Nudeln mit Bohnen gebracht. Brot und Feigen sind auch dabei.«

Luigi und ich hoben den Kopf und sahen erstaunt auf die große Tonschüssel, in der in einem Mondstrahl die Nudeln dampften. Mein Vater stand auf und sagte: »Schon Mitternacht! Das hätte ich nicht gedacht.« Es war schön, so zusammen zu essen an dem Tisch, auf dem Stoffreste, die großen Scheren und der mit Wasser vollgesogene Schwamm herumlagen. Wir wollten etwas sagen, aber niemand brachte ein Wort heraus, nur ich konnte mich schließlich nicht zurückhalten und sagte, während ich mit der Hand den Mund abwischte: »Ich bin müde.«

Meine Mutter: »Du hast viel gearbeitet. Komm mit mir nach Hause.«

Wir gingen durch die mondbeschienene Lange Straße nach Hause, und in den Fensterscheiben der geschlossenen Balkone funkelte es, und jedes Haus war so weiß wie die Berge von Vizzini, die in der Ferne taghell leuchteten. Es wehte kein einziges Lüftchen. Die Stille rauschte uns in den Ohren, und meine Mutter sagte: »Bekreuzige dich. Laß uns schnell machen, daß wir nach Hause kommen.«

Zu Hause schliefen alle, nur meine Tante Pina arbeitete wohl in der Küche, aus der ein rötliches Licht hervorsikkerte und von wo das gleichmäßige Rattern der Nadel zu hören war. Ich machte mir Platz in dem großen Bett, in dem Iana, Antonia und Giovanni schliefen und leise Atemgeräusche von sich gaben.

Iana, Antonia, Giovanni, als ob sie sich leicht beklagten: »Äh! Äh!!«

Aber diese Arbeitstage gingen vorbei, und ich wartete, daß mein Vater mich mitnähme nach Catania, damit ich das Meer und die Stadt sehen könnte. Doch es war nicht möglich, weil wir vom Rathaus niemals Geld bekamen.

Mein Vater neben dem offenstehenden Balkon: »Ich habe schon die Steuerkarte bekommen. Aber Don Giovannino sitzt im Rathaus hinter seinem Schreibtisch mit seiner finsteren Herrschermiene und sagt zu mir: »Warte, Pietro, warte. Auch für dich kommt die Zeit.«

Meine Tante Pina: »Sie glauben anscheinend, wir hätten alle Körbe voll Getreide. Warum macht die Gemeindeverwaltung unsere Münder nicht satt?«

Mein Vater, fluchend: »Beim Blute Christi, diese Welt muß ein für allemal anders werden!«

Ich will nicht, daß mein Vater flucht und wütend wird, aber in den Tagen hielt er sich abseits und schwieg, und hin und wieder kam Compare Iaquino, bei dem er zwei Salmen Getreide auf Kredit gekauft hatte, und er wußte nicht, was er antworten sollte:

Compare Iaquino, anklopfend und die Tür öffnend: »He, Don Pietro, wie ist die Sache ausgegangen?«

Meine Tante Pina auf der Treppe, sich von oben herunterbeugend: »Compare Iaquino, Ihr seid im Recht. Aber im Rathaus halten sie einen mit Versprechungen hin und geben einem nie etwas.«

Compare Iaquino: »Ihr habt recht, aber auch ich habe nicht unrecht. Ihr wißt, daß ich das Geld brauche.«

Doch seitdem sind mehrere Monate vergangen. Es ist wieder Winter geworden, und ich warte, daß diese Regenstürme aufhören, damit ich noch einmal zu meinem Großvater zurückkehren und bei ihm arbeiten kann. Auch Pelonero, Turi Cirasa, Tommaso, der Zwerg, und Michele, den Sohn des Vermittlers, sieht man an klaren Tagen nicht mehr im Ort, weil sie irgendwo auf den Feldern arbeiten oder, wie Pelonero, in Palagonia Ochsen hüten. Inzwischen sind wir fast alle zwölf Jahre alt, tragen lange Hosen und können nicht mehr zu Hause herumsitzen und unseren Eltern auf der Tasche liegen wie die Söhne der »alten Klepper«. Ich will aber nicht Bauer werden, und wenn es mit der Arbeit meines Vaters in Zukunft besser läuft, werde ich wieder in die Werkstatt gehen und mit meinem Bruder Giovanni zusammen das Schneiderhandwerk lernen, und dann werde ich nicht Hitze und Kälte bei der Feldarbeit zu ertragen brauchen. Jetzt weiß ich nichts mehr zu erzählen, und außerdem ist mein Vater es auch leid, abends auf dem Küchentisch zu schreiben. Tagsüber läuft er traurig durch die Zimmer und sagt, er will weit fort von Mineo in irgendeine Stadt, wo die Leute etwas zu essen haben. Aber bei solchen Reden sitzen meine Tante Pina und meine Mutter immer in einer Ecke – mit den Händen über den Augen und weinen – und meine Geschwister wissen nicht, was sie sagen sollen, und schauen still und bestürzt drein.

Inhalt

Elsa Morante

»Ich möchte, daß allein das Bild bleibt, das meine Bücher von mir geben können.«

Der andalusische Schal
Erzählungen. Band 9144
In fast allen dieser zwölf Erzählungen, die Elsa Morante zwischen 1935, als sie erst 17 Jahre alt war, und 1951 geschrieben hat, ist die Kindheit der Schauplatz des inneren Geschehens, doch nicht die als unbeschwert und glücklich verklärte Kindheit, wie die Literatur sonst sie gern beschwört, sondern die »unbegreifliche Welt« des Kindes.

Aracoeli
Roman. Band 5982
»Aracoeli« ist Elsa Morantes letzter Roman. Es ist ein grandioses Buch von verzweifelter Hoffnungslosigkeit. Erzählt wird darin die Geschichte eines Mannes, der sich in der Mitte seines Lebens, vereinsamt, von unglücklichen Liebesbeziehungen enttäuscht, nach nichts anderem mehr sehnt als nach dem Paradies seiner Kindheit.

Band 5981

Arturos Insel
Mit ihrem frühen poetischen Roman hat die Autorin die Weltliteratur um eine der schönsten Knabengestalten bereichert.

Fischer Taschenbuch Verlag

fi 140/5

Italienische Literatur des 20. Jahrhunderts

Cesare Pavese
Die einsamen Frauen
Roman. Band 5305

Luigi Bartolini
Fahrraddiebe
Band 5306

Gavino Ledda
Die Sprache der Sichel
Roman. Band 5228

Elsa Morante
Aracoeli
Roman. Band 5982

Pier Paolo Pasolini
Der Traum von einer Sache
Roman. Band 5454

Giorgio Manganelli
Omegabet
Band 9236

Curzio Malaparte
Die Haut
Roman. Band 9275

Fischer Taschenbuch Verlag

fi 580/3